Body Language
by Suzanne Brockmann

15年目のデート

スーザン・ブロックマン
緒川久美子[訳]

ライムブックス

BODY LANGUAGE
by Suzanne Brockmann

15年目のデート

主要登場人物

カサンドラ（サンディ）・カーク……………映像制作会社社長
クリント・マッケイド………………………映像カメラマン
ジェームズ・ヴァンデンバーグ……………弁護士
サイモン・ハーコート………………………州知事候補
トニー…………………………………………美容師。マッケイドの友人
フランク・ウィリアムソン…………………サンディのアシスタント
アーロン・フィールズ………………………ローカルテレビ局のプロデューサー

1

暗い寝室に、電話の着信音が響いた。カサンドラ・カークは最初の音で浅い眠りから覚め、二回目の音で体を起こした。ぼうっとしたまま、ラジオ付き時計の赤く光る数字に目を凝らす。

二時四五分。

夜中の二時四五分に電話がかかってくる理由なんて三つしかない。ひとつ、スタジオで大事件が起きた。たとえば季節はずれに延々と降りつづいているこの長雨で、保管してあるビデオがすべて水浸しになってしまった。ふたつ、家族の死やけが。フロリダにいる母親が転んで、腰骨でも折ったのかもしれない。そして三つ目は……。

彼女は三回目の音が鳴ったところで受話器を取った。

「もしもし」

「やあ、サンディ、起こしちゃったかな?」もしかしたらクリント・マッケイドは遠い外国にいて、こちらが何時か知らずにかけてきたのかもしれない。

サンディは思わずうめきながら、顔にかかった長い金髪をかきあげた。「マッケイド、こっちは夜中の二時四五分よ」回線に雑音が入る。「いま、どこにいるの？　雑音が入るけど、まさか月からかけてるとか？」

彼が笑った。「アメリカに戻ってるよ。なあ、いまから行きたいんだけど、いいかな？」いつもの少しかすれた声で、楽しげに言う。マッケイドはいつもこんな感じだ。

「今年も、もう来たの？　ヘンダーソン高校のはみ出し者同士が再会する季節が」サンディはベッドにバタンと倒れ込んだ。

「つまり行ってもいいってことか？」

「何を言ってるのよ、マッケイド。招待状でも送ってほしいの？　いいに決まってるじゃない。ただし、前に空いてた寝室は仕事用のスペースにしちゃったの。だからリビングで寝てもらわなくちゃならないわ。ソファをベッドにできるから」

「先週のおれは熱帯雨林にテントを張って生活していたんだぜ。それに比べたら、どこだって天国だよ。ソファベッドさまさまさ」

「それで、いつ頃来るの？　いま、ちょっと仕事が忙しいのよ。午前中いっぱいは会議だから、鍵をわかるところに隠しておく――」

「会議は五分以内に始まるのか？」マッケイドがさえぎる。

「なんですって？」

「この電話は、きみの家の近くのコンビニからかけてるんだ。二、三分で着くよ」彼は笑いながら言い、カチッという音とともに電話が切れた。

こんな夜中にすぐそばのコンビニから電話をかけてくるようなずうずうしいまねができるのは、クリント・マッケイドくらいだ。寝ているところを突然起こされ、なんの準備もなく人を泊めるはめになる彼女の迷惑なんて、これっぽっちも考えていない。

サンディはうつぶせになって電話を切ると、明かりをつけた。バスローブを羽織って鏡を見る。疲れた顔をしているが、当然だろう。仕事のことを考えて何時間も眠れず、ようやくうとうとしたと思ったら、真夜中をとうに過ぎた三時一五分前に起こされたのだから。でもクリント・マッケイドは、彼女がどんな顔でも気にしない。女として見ていないのだ。マッケイドにとって彼女は高校時代からの仲間であり、相棒であり、親友であるサンディにすぎない。

とりあえずコーヒーメーカーをセットしようと、彼女はキッチンに向かった。これまでの経験から、マッケイドが来たら少なくとも二、三時間は眠らせてもらえないとわかっている。彼はこの前別れてからサンディがどうしていたか聞きたがるだろうし、それがすんだら自分の最近の仕事について話すだろう。また枕に頭をのせられるのは当分先になる。そういえば前に来たとき、彼は熱帯雨林に行くとか言っていた。だとすれば、話し終わるのにひと晩かかってもおかしくない。

サンディは顔がほころんだ。マッケイドと過ごせるのは、いつだってうれしい。アリゾナ州のフェニックスでは、雨なんか降らないはずだ。砂漠地帯なのだから。それなのにマッケイドはもう何週間も、雨につきまとわれている。南米でも、いま拠点にしているロサンゼルスに戻ってからも。

だからロサンゼルスからフェニックスに向かう彼を雨が国道一〇号線沿いに追ってきたからといって、いまさら驚くのはおかしい。この調子では、月に行っても雨は追ってくるだろう。

マッケイドはコンドミニアムの屋根付きの駐車スペースにハーレーを乗り入れ、サンディの小さな青いジオの隣でエンジンを切った。ようやくバイクをおりられて、ほっとする。全身びしょ濡れで黒い革のジャケットには完全に水が染み通り、ブーツも地面におろしたとたんにビチャッと音がした。布製のダッフルバッグは一応防水になっているものの、ここまでの雨の猛攻に耐えられたかは疑問だ。

しかしビデオカメラのケースは別で、これだけはたとえタイタニック号と一緒に沈んだとしても絶対に水を通さない優れものだった。とはいえ彼のカメラは水中でも使える仕様なので、じつはケースがそこまでの防水である意味はあまりない。

マッケイドはバイクのうしろに固定していたカメラケースをはずすと、明るく輝いているサンディの部屋の窓を見あげた。ずっしり重いカメラケースとダッフルバッグを持って、中庭に向かう。

情けないことに、彼はここまで来て怖《お》じ気《け》づいていた。サンディになんと言えばいいのかわからない。熱帯雨林をテーマにした映画のカメラマンとしてきつい三カ月を過ごしたあと、ロサンゼルスに戻ってほっとひと息入れていたはずなのに、気づいたら最低限の着替えを詰めたダッフルバッグとカメラを持ってバイクに飛び乗り、フェニックスへ向かっていたって？

ロサンゼルスでの生活が突然薄っぺらで現実味のないものに思えて、パニックになりかけたと言うつもりか？　この一年間を思い返してみたら、心から幸せだと感じた瞬間がなかったと訴えるのか？

そんなとき、この前サンディのところに来て、一緒に動物園へ行った記憶がふとよみがえった。あの日は本当に楽しかった。いや、楽しかったのは二週間ずっとだ。まるまる二日間は映画漬け。映画館に朝から晩までいて、ポップコーンとソーダとアイスで腹を満たしながら、六本続けて映画を見た。それからヨコバイガラガラヘビとジャックラビットを探しに、砂漠へも行った。ニュージャージーのストリート育ちの自分たちとアリゾナの大自然との対決。ふたりとも、喉が痛くなるまで大笑いしたのだった。

サンディはマッケイドにとって信頼できる親友であり、流砂のようなこの世界で彼を支えてくれる揺るぎない岩みたいな存在だ。

見たこともないほど純粋なブルーグレイの瞳に内気な笑みをたたえた、輝くばかりに美しいサンディ。だが、すごくきれいで頭がよく才能にも恵まれているのに、なぜか本人はそのことに気づいていない。自信がなく、自分が特別な人間だなんて思いもよらないのだ。鏡をのぞけば、彼女の目にはいまでも体に合わない服を着た不格好な少女が映るのだろう。ニューヨークシティの裕福な人々が住む郊外で、貧しい家庭に育った少女が。ふたりの通っていた高校では、生徒の人気は父親にどれだけ高価な車を与えられているかにかかっていた。しかし、そもそもサンディには父親がいなかったし、母親は娘どころか自分用の車さえ買えなかった。

少女はまわりの金持ち連中を頭からばかにした態度と、たぐいまれなユーモアのセンスを身につけていたが、心の底では自分に自信が持てず、いまもそれは変わっていない。

マッケイドはカメラケースを床に置いて、ベルを鳴らした。

すぐにドアが開き、サンディが廊下まで明るく照らすような笑顔をのぞかせた。その笑顔が彼を見たとたんに凍りつき、見る見るうちにぞっとした表情に変わる。

「やだ、マッケイド！　あなた、泥まみれじゃない！」彼女はあとずさりした。

そのとおり、彼はびしょ濡れの髪から黒いカウボーイブーツの先まで泥だらけだった。

「そこから動かないで」サンディが命令し、カメラケースとダッフルバッグを受け取ると、敷物の上をすばやく運んでキッチンまで持っていく。リノリウムの床なら、泥がついても掃除がしやすいからだ。

「脱いで」戻ってきた彼女は、次に泥まみれの服を指して命じた。「全部そこで脱ぐのよ。それからまっすぐシャワーに行って。余計な寄り道をしたら許しませんからね」

マッケイドは腕組みをして、ドアに寄りかかった。「本気か、サンディ。親友のおれに、ここでストリップを演じろっていうのか？」

「もちろん本気よ」サンディも腕組みをして、甘い笑みを浮かべる。「いくら親友でも、クリーニングに出したばかりのカーペットを汚させるわけにはいかないもの」

彼女はすっぴんで、髪はふんわりと肩におろしていた。こざっぱりとしていて、二七歳という年齢よりずっと若く見える。カメラマンとしての目で見ても、サンディの顔はほぼ完璧だ。きれいな卵形、広い額に均整の取れた頬骨。この頬骨のおかげで、微笑むと顔にエキゾティックな陰影ができる。鼻は大きくも小さくもなく、顎の線は力強い。彼女の顔にわずかな欠点を探すとすれば、このややしっかりしすぎている顎だろうか。唇はふっくらと豊かで、笑うと白く美しい歯がこぼれる。けれどもとりわけ魅力的なのは、繊細で魅惑的な曲線を描いている目だ。

ブルーグレイの瞳はあまりにも混じりけのないその色合いのために、ほとんど無色透明に見える。マッケイドの目のようなふつうの青い目と違って、虹彩《こうさい》に金や緑がまったく散っていない。純粋なブルーグレイに稲妻のような無数の白い筋が放射状に走っているさまは息をのむほど美しく、本当にすばらしい。

彼は世界のあちこちへ行くたびにサンディと同じ目がほかにも存在するのではないかと探しているが、まだ一度も出会っていない。

彼女はいま、その目で問いかけるようにマッケイドを見ている。彼がなぜじっと見つめているのか、不思議に思っているようだ。

「元気そうだな、サンディ」彼はすばやく笑みを作ると、階段にドサリと座り込んでブーツを脱ぎはじめた。

「あなたはひどいありさまよ。そのひげはいったいどうしたの？　まるでクマみたい」

全身に泥が飛び散っているので、マッケイドの姿を正確に把握するのは難しかった。濡れそぼった髪は何本もの黒っぽい束になって肩下一〇センチくらいのところまで垂れさがっているし、ハンサムな顔の下半分は渦を巻くひげに顎まで覆われている。でも鼻はいつもどおり、ひと目で彼のものだとわかる。すっと筋の通ったほんの少し大きすぎる鼻は、マッケイドの顔で一番目立つ。ただし、笑っていないときは、という条件付きだ。

彼がふたたび浮かべた笑みは、いつもどおり少しゆがんでいた。口の両脇にできるえくぼはひげに隠れているものの、歯の白さは黒っぽいひげとの対比でいっそう際立っている。サンディがこの前見たときと比べて目尻のしわが増え、疲れた表情だ。そして彼女を見あげる目には、何やら奇妙な光が浮かんでいる。

「南米では、いわゆる野性的な風貌を目指していたんだ」マッケイドは肩を揺すって、革のジャケットを床に落とした。

「要するに、剃刀《かみそり》を持っていくのを忘れたんでしょう?」

彼は否定せずににやりとして、やはりすっかり雨の染み込んだ黒いTシャツを頭から引き抜いた。

すると筋肉に覆われた体が現れた。サンディがマッケイドと出会ったのは彼が中等学校七年生、彼女が六年生のときだが、あの頃でさえ彼は筋肉質のすばらしい体をしていて、サンディはその彫刻のような完璧さにすぐ免疫がついた。いまもまわりの女たちが興奮に息を荒くしたり、気絶したりしそうになっている中、一〇〇点満点で二五〇点を叩き出す体にぼうっとすることなく彼と行動をともにできる。

けれども正直に言えば、彼女だってまったく動じないというわけではない。

完全に気にせずにいられるなら、ここにじっと立って、マッケイドが濡れたジーンズを脱いで力強い腿をあらわにするところを見てはいない。男性とちゃんとした意味で触れあってから、もう四年も経っているのだと痛感しながら。

サンディはひそかに笑みを浮かべた。うまくいけば、そんな状況は変わるはずだ。それもすぐに。

「何がおかしいんだ？」マッケイドが足首までおろしたジーンズから足を引き抜こうと格闘しつつ尋ねる。

「ちょっとね。とにかく、まずシャワーを浴びてきて。そのあとで詳しく話すから」

もしいま向かいの部屋のミセス・ホッブスがドアののぞき穴から様子をうかがっていたら、どんなふうに思うだろう？　サンディは思わずにんまりした。

マッケイドが青緑色のブリーフの白いウエスト部分に両方の親指を差し込んで、問いかけるように片方の眉をあげる。「本当に、全部脱いでほしいのか？」

「やだ、やめてよ、マッケイド」サンディは急いで止めた。「もう中に入っていいわ。それでじゅうぶん。いくらあなたでも、下着にまで泥はつけていないでしょうから」

「革のジャケットは洗わないでくれよ」マッケイドがバスルームに向かいながら言う。

「もちろん洗わないわ」サンディは頭を振り振り、彼の脱いだ服を拾いあげた。ジャケットとブーツはキッチンに落とし、残りを洗濯機に入れる。それからバスルームの前に置かれている濡れたブリーフを回収しに行った。青緑色はマッケイドによく似合っていた。これを脱いだ彼は、さらに魅力的だろうけれど。

カサンドラ・カーク、昔からの親友をそんな目で見るなんて、恥ずかしいと思わないの？　サンディは心の中で自分を叱った。彼女とは友だちでしかないと、マッケイドはこの一五年間はっきり態度で示してきた。それにモデルや女優としょっちゅうデートをしているような男が、サンディに目を向けるはずがない。

彼女はため息をつき、クローゼットにしまってある古いテリークロスのバスローブを取りに寝室へ行った。このローブは色こそピンクだけれど、手持ちのバスローブの中では一番シンプルでサイズも大きいのだ。

バスルームの少しだけ開いたドアの隙間からシャワーの音が響き、湯気が漂い出している。サンディはドアをさらに開いて、水音に負けないように声を張りあげた。

「ドアの裏にローブをかけておくわね。タオルは棚に置くから」

「おれがいま、何を欲しいと思っているかわかるか？」マッケイドのハスキーな声が、シャワーカーテン越しに聞こえる。

「聞くのが怖いわ」サンディはつぶやいた。「いったい何？」

マッケイドがカーテンを少し開けてのぞかせた顔には、彼女がはじめて見る表情が浮かんでいた。微笑みのかけらもなく、何かに取りつかれたような飢えた目だけが光っている。まるで野生の獣だ。いつになく伸びたひげのせいだと思いながらも、サンディは思わず尋ねた。「大丈夫、マッケイド？」

「ビールが飲みたくてたまらない」彼女の質問など聞こえなかったかのように、彼はそう言うとカーテンを閉めた。

目をつぶって頭上から降り注ぐ湯に身をゆだねながら、マッケイドは大丈夫なんかじゃないと心の中でつぶやいた。いま、彼の精神状態はめちゃくちゃだった。だがどうしようもなくなってここへ来たのに、その理由を正直に口にできずにいる。〝おれがいま、何を欲しいと思っているかわかるか？〟とサンディにきいた。でも、本当に欲しいものは言えなかった。欲しいのは彼女だと。あのときすぐにシャワーから出て、彼女を抱きしめればよかったのだ。たぶんあのバスローブの下には、ばかばかしいほど小さなナイティーを着ているだけだっただろうに。

その姿を思い浮かべると思わずうめき声がもれ、あわてて差し迫った問題へと気持ちを引き戻した。サンディにちゃんと伝えなくてはならない。なんとしても。そのために来たのだから。

マッケイドはシャワーを止めた。金属製のポールにプラスチックのリングがこすれる音を響かせて勢いよくカーテンを開け、サンディが用意してくれたタオルをつかみ取る。体を拭いたらリビングルームに行き、ビールを飲みながら彼女の仕事の近況に耳を傾けるのだ。そして勇気を奮い起こし、深呼吸をしてサンディに話す。だが、なんと言えばいい？　彼女がどうしても必要だと？　誰よりも、何よりも彼女が欲しいと？　彼女を愛しているって、ほぼ一〇〇パーセント確信していると？

そんなことを言葉にできる自信はない。

リビングルームに行くと、栓を抜いたビールの瓶がコーヒーテーブルの上に用意されていた。サンディはソファの一方の端に脚を引きあげて座り、くつろいでいたので、ピンクのバスローブのベルトを締めながらその隣に腰をおろす。

「そのひげにピンクがすごく似合ってるわ。さあ、マッケイド、話してちょうだい。いったい何をしてたの？　熱帯雨林で楽しく過ごしていたんでしょ？　全部聞かせて」

彼はビールの瓶を持ちあげて中身を長々と喉に流し込み、首を横に振った。

「きみから話してくれ」

サンディはソファの背に腕をかけると、彼のほうを向いた。「信じられないくらいすばらしい契約を取ったのよ」目を輝かせて話しだす。「サイモン・ハーコートって知ってる？」

マッケイドは額にしわを寄せてビール瓶を見つめ、考え込んだ。「いや、知らないな」

「このあたりではかなり有名なの。叩きあげの億万長者で、芸術活動や環境運動を支援しているわ。二、三年前に教育に関する特別委員会の委員長を務めて改革を一気に前進させたし、エイズの啓発プログラムも始めて……」ハーコートへの畏敬と尊敬の念に、サンディが頭を振る。「とにかく、彼が今度州知事に立候補することになって、うちの会社はその選挙を支えるブレーンたちと契約を交わしたってわけ。選挙キャンペーンのコマーシャルは全部うちが作るの。いまのところ五本の予定よ。あと、彼の経歴を紹介するドキュメンタリーフィルムも撮ることになってる。一〇分のものと三〇分のものを」

マッケイドはにやりとした。「すごいじゃないか、サンディ。で、きみは何をやるんだ？

プロデューサーかい？　それとも監督？」

「両方よ。それにカメラをまわすのも、一部はわたしが担当するわ」

「手が足りなければ、おれはちょうど暇だよ」

サンディが信じられないという顔で彼を見た。「まさか、本当に？」思い直したように首を横に振る。「あなたがいつも受け取っている報酬の四分の一も払えないわ」

彼は肩をすくめた。「最低賃金でいいさ。面白そうだし――」

彼女が飛びついて、マッケイドの首にかじりついた。もちろん友だちとしての行動で、彼はビールを持ったままサンディを抱き返し、目をつぶって清潔な髪の香りを吸い込んだ。まったく、彼女はなんてやわらかくてあたたかくて魅力的なんだろう。ずっと望んできたものが目と鼻の先にあることにいままで気づかなかったなんて、自分は間抜けだ。

サンディが少し体を離し、彼に笑いかける。「じゃあ、お願いしちゃおうかな」そう言ってから顔をしかめた。「必要な映像をすべて撮り終えるまで、三、四週間かかるわよ」

「すぐによそへ行く予定はないから」マッケイドは彼女の目を見つめた。胸の中では心臓がこんなにも激しく打っているのに、サンディは気づかないのだろうか？　ごくりとつばをのみ込む。言うならいまだ。「ええと、サンディ――」

「あとね、もうひとつ話さなくちゃならないことがあるの」サンディが彼の腕の中から抜け出てソファに座り直し、ちらりと笑みを見せた。うれしそうだが、どこかそわそわした様子だ。「マッケイド、わたし、恋に落ちたみたい」

マッケイドは彼女を見つめた。「恋だって？」

サンディが幸せそうに目をキラキラさせて微笑む。「ずっと夢見てきた理想の男性に、ようやくめぐりあったのよ。つい先週。名前はジェームズ・ヴァンデンバーグ。正確にはジェームズ・オースティン・ヴァンデンバーグ四世ですって。信じられる？　ハーバード大学のロースクール出身で、ハーコートの右腕なの。頭が切れて性格はいいし、あなたとほとんど変わらないくらい背が高い。すごくハンサムで、波打つ黒髪と黒い色の目がドキッとするくらいすてきなのよ。三三歳、独身でストレート、しかもちょうどいまはフリーで……」

サンディの言葉が耳を通り過ぎていくあいだ、マッケイドはただ呆然《ぼうぜん》として彼女を見つめていた。彼女が恋をしている。自分ではない別の男に。気分が悪くて吐きそうだ。心の底からムカムカして、失望だけでなく激しい怒りがこみあげる。どうして、もう一週間早く来なかったんだろう？　いや、それより何カ月も前に彼女に会いに来たとき、なぜ自分の気持ちがわからなかったんだ？　マッケイドは腹が立ち、傷つき、そして何よりこれまでの信じられないほどのつきのよさがとうとう尽きたのだという事実にショックを受けていた。ブルブルと手が震えてしまわないことに驚きながら、ビールをテーブルの上に置く。

「いまいるのか？」彼女をさえぎって尋ねた。

「なんですって？」

「来ているのか、ここに？」

その言葉の意味を理解して、サンディの頬がぱっと赤くなった。「来てないわよ！」

「どうして？」

「どうしてって、先週出会ったばかりだもの――」

「本当に好きになったのなら、何をグズグズしてる？」

彼女はマッケイドの鋭い視線から目をそらして背筋を伸ばしたが、すぐにまた力を抜いてソファの背にもたれ、自嘲するように小さく笑った。頭を振りながら髪をかきあげる。

「そこまで言われたから正直に打ち明けるけど、ジェームズはわたしの存在に気づいてもいないわ。どう、これを聞いて満足した？」

いや、満足なんかするわけがない。だが、なぜだろう？　どうしてほっとしない？　サンディとその男の仲は、まだ始まってもいないというのに。そいつはきっと、彼女にすごく似合っている。

な名前の、頭も性格もいい弁護士との関係は。そいつはきっと、彼女にすごく似合っている。

自分がどんなに頑張っても、そいつのほうがつきあいやすく、一緒に暮らして楽しい相手なのは間違いない。

「わたしとジェームズのことはもういいわ。それより熱帯雨林の話をして――」

「明日でいいか、カーク？　じつはスタミナ切れでね。このまま眠ってしまいそうなんだよ……」

サンディが目を見開いて彼を見つめた。「ええ、もちろん。やだ、大丈夫？　なんだか少し顔色が悪いみたい」

「風邪の菌でも拾ったかな」マッケイドは見えすいた言い訳をした。

彼女は美しい顔に真剣な表情を浮かべ、探るように彼を見ながら口を開いた。

「クリント、何か困ったことになっているのなら、ちゃんと話してくれるわよね？」

彼は見つめ返した。「もちろんさ。きみは親友だからな。でも、いまは本当に……疲れただけだ」

サンディが微笑んだのでマッケイドも必死に笑みを作り、予想外の告白でズタズタになった心をやっとの思いで隠した。

2

マッケイドはフェニックスに着いたらひげを剃るつもりだったが、朝起きてバスルームの鏡をのぞいたら、無防備な顔を世間にさらすのが耐えられなくなった。悲しみに満ちた顔を人に見られたくない。

サンディが一〇時に目覚ましをかけておいてくれた。おかげで一一時半から彼女のオフィスで開かれるミーティングへ向かう前に、シャワーを浴びて腹ごしらえをする時間がある。

マッケイドは微妙に生地がごわついているジーンズをはきながら、自分で自分に驚いていた。どうしてさっさとこの街をあとにしていないのだろう?

じつは朝からずっと、気持ちが揺れ動いていた。まず、ここへ来たときと同様バイクに飛び乗り、すぐさま出ていくという選択肢がある。だがすでにサンディに、仕事を手伝うと約束してしまった。もちろんそう申し出たときには、彼女がほかの男に心を奪われているなんて思いもよらなかったわけだが……。

そこで、あとふたつ選択肢が出てくる。ひとつ、この街にとどまって弁護士野郎の気を引こうというサンディの試みをことごとく妨害し、失恋の悲しみに浸る彼女を慰めるふりをしつつ自分のものにする。そしてもうひとつ、親友として心から彼女を応援する。

つまりサンディに協力して、金持ちで性格のいい意中の男の注意を引けるようにするのだ。そいつなら、彼女が昔から望んでいた上流階級の暮らしをさせてやれる。カントリークラブに入会し、金持ち同士でつるむような暮らしを。銀行の預金残高がどんなに増えても、マッケイドにはけっして与えられないものだ。

もちろん彼だって、金にものを言わせてカントリークラブに入れてもらうことはできる。でもそんなことは許されないし、そのつもりもない。だから問題なのだ。サンディは昔から洗練された文化的な生活を望んでいた。豊かな生活を送ることによって、世間に認められたいと思っている。だが、マッケイドは違う。彼は世界で一番高いワインだって買えるだけの金は持っているが、正直そういうものは好きではない。ビールか水でじゅうぶんだ。

はっきり言って、好きな仕事をして好きな服を着ているいまの生活に満足している。銀行口座に五〇万ドル近く金があっても、それで変わるのはせいぜいビールの銘柄かバカンスの行先くらいのものだ。たしかに昔みたいにいつ追いたてを食らうかわからない状況で暮らすのはいやだし、そんな心配をしなくていい現在の生活は快適だ。映画や音楽といった、そのときどきに興味を覚えるものに自由に金を使えるのもうれしい。けれど裕福であるという事実を人に見せびらかす必要があるとは思わないし、そんなまねはしたくない。しかも以前調べたところでは、黒い革のジャケットはカントリークラブでは歓迎されないらしい。

しかしサンディが望んでいるのは、そういう生活だ。

キッチンに置いてあるマッケイドのブーツとジャケットは、まだ濡れていた。でも仕方ないのでブーツはそのまま履き、ジャケットはポケットからサングラスだけ取り出す。

ハーレーにまたがってインディアンスクールロードを東のスコッツデールへ向かってゆっくり走っているうちに、アリゾナの熱い風で髪はすっかり乾いた。サンディの映像制作会社のある四四丁目を目指す。まだ四月だというのに、フェニックスでは道路も歩道も熱気で路面がジリジリ焼けている。おそらく日陰でも三二度を超えているだろう。これでまだ夏になっていないのだ。

マッケイドは〈ビデオ・エンタープライズ〉の駐車スペースにバイクを入れたが、心はまだ決まっていなかった。とにかくまずは、そのジェームズ・オースティンなんとか四世がどんな男か見きわめる必要がある。それにさっさとこの街から出ていくとしても、サンディになんと言い訳をするか考えなくてはならない。彼女はもうその選挙キャンペーンの仕事に、マッケイドを当てにしているのだ。

彼はオフィスビルの入り口を抜け、エアコンのきいた薄暗いロビーに入った。エレベーターで二階にあがりながら、サングラスをはずして黒いTシャツの襟もとに引っかける。エレベーターのドアが開くと、こちらを向いた男の姿がいきなり飛び込んできた。目の前の鏡に自分が映っているのだと一瞬理解できず、まじまじと見つめる。生来の背の高さと筋肉のたっぷりついた体、それに伸びた髪とひげのせいで、まるでバイク乗りたちが集うバーの用心棒といった風体だ。あるいは用心棒に守ってもらう必要のある常連客か。

マッケイドは一番広い会議室に向かって廊下を進んだ。彼自身は会議室などという堅苦しい呼び方ではなく、ブリーフィングルームというほうが好きだった。大きな窓から砂漠の景色を模した前庭が見渡せる広々としたその部屋には、癒し効果のあるアースカラーのカーペットが敷かれ、中央には一ダース以上の椅子に囲まれた大きな楕円《だえん》形のテーブルが置かれている。

「何かご用ですか?」マッケイドが部屋に入ろうとすると、サンディのアシスタントであるフランク・ウィリアムソンが声をかけてきた。

「やあ、フランク」年下の男の目が、眼鏡のレンズのうしろで驚いたように丸くなる。

「マッケイド! いったい誰かと思いましたよ。はっきり言って、毛だらけじゃないですか」

マッケイドはにやりとした。「イメチェンしたんだ。どうだい?」

フランクが腕組みをして見つめる。「いつもなら通りすがりの女たちが次々に気絶するほどの男っぷりなのに、ひどいありさまですね。何があったんです? 無人島にでも行ってきたんですか?」

マッケイドも腕組みをして、やり返した。「フランク、たしかにおれはどう思うかきいたが、本当に遠慮のない意見が聞きたいわけじゃないんだ。ふつう、気を遣うだろう」

「美容院に行ったばかりの年配の女性にならいくら気も遣いますけど、アーノルド・シュワルツェネッガーの影武者だってできるような大男にはね……」フランクはそこで声をひそめた。「ところで、ボスはこの前あなたが来たあと、誰ともデートしていませんよ」

男ふたりは向きを変え、会議室の窓辺に立っているサンディを見た。彼女はジェームズとおぼしき男と話している。

男が着ているスーツの明らかにあつらえとわかる洗練されたシルエットと高価そうな生地を見て、マッケイドは気持ちが沈んだ。そのスーツに包まれたジェームズの体を見て、ますます気が滅入《めい》る。ジェームズは一八九センチあるマッケイドよりほんの少し低いだけの、長身の男だった。しかも、体格もマッケイドに劣らない。広くて力強い肩、引きしまったウエスト、スリムな腰。ジェームズが少し向きを変えたので、顔が見えるようになった。彫りの深い整った顔だ。貴族的な高い鼻、力強い顎、唇は女性的なまでに美しい形だが、男性らしさを失ってはいない。

短くきちんと整えた癖のある黒髪に黒い目の彼は、辞書の〝魅力的な人物〟という見出しの下に写真を載せたくなるような容姿で、マッケイドは思わず心の中で毒づいた。

「ボスみたいな女性とどうしたらプラトニックな関係を続けられるのか、ぼくにしてみたら大いなる謎ですね」フランクは手に持ったクリップボードをちらりと見たあと、時計に目をやった。「座ってください。そろそろ始まりますから」

マッケイドはテーブルに歩み寄ると、サンディが座ると思われる一番上座の席の左隣に座った。

改めて、ジェームズと話しているサンディを見つめる。すると彼女の全身に力が入り、肩がこわばっているのがわかった。しかも、話している相手と目を合わせられずにいる。なんとサンディは緊張しているのだ。小さく震える手で、持っているファイルを命綱みたいに握りしめている。

さらに観察を続けると、彼女は腕時計に目をやり、弱々しい笑みを浮かべてジェームズに何か言った。いつもの屈託のない、まばゆいほどの笑みとは大違いだ。マッケイドは首を横に振った。このままリラックスできなければ、サンディはいつもの彼女の影も同然の神経質で弱々しい姿しか見せられずに終わってしまう。それにあんなふうに髪を引っつめたうえ、紺のジャケットにスカートという堅苦しい格好では、外見的にもアピールできない。とはいえ、彼女がきれいじゃないというわけではない。もちろんきれいだ。ただ本当は天地がひっくり返るくらいきれいなのに、ふつうのきれいになってしまっている。

マッケイドが来て座っているのを見つけると、サンディの笑みが一気に心からのものに変わった。

「まったくもう。せっかく今朝、新品の剃刀をわざわざ探して洗面所に置いてきたのに」彼の隣に座りながら、サンディが小声で言う。

マッケイドはひげを撫でた。「長く伸ばしてみるのもいいかと思ってさ。ほら、ZZトップのやつらみたいに」

だがジェームズがサンディの右隣に腰をおろすと、彼女の注意はすぐにそちらへ移ってしまった。

いまいましいことに、ジェームズは近くで見るとさらにハンサムだった。マッケイドに見られているのに気づいて、黒髪の男が目をあげる。すると一瞬、その黒い目に嫌悪が浮かぶのが見えた。いや、軽蔑だろうか？　不審感もうかがえる。いまのマッケイドのような姿の男を信用するつもりはないというのが、あからさまに伝わってきた。

なんて心の狭い男なのだろう。

ジェームズ・ヴァンデンバーグ四世は、高校の頃にデザイナーズブランドのジーンズや高価な服を買えないという理由でサンディやマッケイドに冷淡な態度を取ったやつらと、同じ種類の人間だ。

サンディにはそれがわからないのだろうか？　だが当時も彼女はひどい扱いを受けながら、心の中ではエリートグループに受け入れられることを望んでいた。ジェームズを振り向かせることができれば、彼女はずっと望んでいたものを手に入れられる。サンディはジェームズのような男を待ち望んでいたのだ。

嫉妬に襲われ、マッケイドは一瞬息ができなくなった。

サンディが差し出した撮影スケジュールの紙を、こわばった手で受け取る。

マッケイドはどうにかしてジェームズを無視しようとしながら、内容に目を通した。サンディは自分について歩くカメラマンに、マッケイドを割り当てていた。彼女のいわば創造的な目となって、まわりで起こるすべての出来事をビデオカメラにおさめる役割だ。手持ち式のカメラで場所を固定されず自由に動けるので、対象の反応を細かくとらえられるし、面白いアングルからの映像が撮れる。マッケイドはこういう自由度の高い撮影の仕方が好きで、サンディはそれをわかっていて割り振ってくれているのだから、彼のことを好きなのは明らかだ。ただ、彼が望んでいるような〝好き〟ではないだけで。

大きく息を吸ってさらに読み進むと、最初の撮影が土曜の夜に予定されているのがわかった。フェニックスでも最高級のリゾートホテル〈ポイント〉で開かれる、選挙の資金集めのディナーダンスパーティー。サンディはそこで行われるハーコートのスピーチを、説得力のある宣伝用の映像にまとめたいのだ。

「撮影中に問題が起きたり、疑問が出たりしたとき、フランクもわたしも近くにいなかったら、ミスター・ヴァンデンバーグにきいてね」サンディがマッケイドに話しかける。

「ジェームズでいいよ」本人が魅力的な笑みを浮かべて訂正した。けれどもマッケイドに向けられた目は、〝おまえのような風体の男はミスター・ヴァンデンバーグと呼べ〟と言っている。

「じゃあ、これで打ちあわせは終わり。みんな、土曜日はよろしくね」サンディがミーティングを締めくくった。

みなが出ていっても、サンディは座ったままファイルをまとめ、ブリーフケースにしまっていた。左側にいるマッケイドも立ちあがる気配がない。伸びた髪を真ん中から分けて肩に垂らし、縮れたひげを生やした彼は、どこか聖書の登場人物——たとえば最後の晩餐に連なっているキリストの弟子のひとりみたいな雰囲気を漂わせている。ただし右の上腕には小さなドラゴンの刺青《いれずみ》があり、それを見て彼女は微笑んだ。キリストの一二人の弟子たちの中に、刺青を入れている者がいたとは思えない。

「必要なことは、すべて網羅してもらったと思う」ジェームズの声で、サンディはわれに返った。「じゃあ、土曜の夜に。スケジュールによると、きみたちは五時までに来てくれるんだね」

「ええ、必ず」彼女はジェームズに笑みを向けた。

「そうそう、忘れるところだった」ジェームズが上着の内ポケットから小さな封筒を取り出す。「スピーチのあとにあるダンスパーティーの招待券を渡すよう、ミスター・ハーコートから預かってきたんだ」

「お気持ちはうれしいんだけど、わたしは――」サンディは唇を噛んだ。

「喜んで受け取らせてもらうそうだよ。ありがとう」マッケイドがジェームズの手からすばやく封筒を奪い、彼女のブリーフケースにしまった。

「マッケイドは高校のときからの友人なの」ジェームズに説明する。「最高のカメラマンでもあるのよ。ハリウッドをはじめ、いろんなところで活躍しているの。今回彼が加わってくれることになって、本当にラッキーだったわ」

ジェームズが差し出した手を握りながら、マッケイドは目の前の男が自分への評価を改めたのを見て取った。

「どうかよろしく」ミーティングのあいだテーブルをはさんで向かいあっていたときと比べて、ジェームズの視線があたたかく変わっている。

この男はカリスマ性と魅力をたっぷり持ちあわせていて、水道の蛇口でもひねるがごとく簡単に、それらを出したり止めたりできるのだ。

「では、土曜日に」ジェームズはサンディにもう一度すばやく笑みを見せてから、帰っていった。

彼女がマッケイドと目を合わせ、自嘲するように笑う。「そんな目で見ないで。片思いなのよ」

片思いはマッケイドも同じだ。

「それで、どう思った？」人に聞かれないように会議室のドアを閉めて、サンディがきいた。

マッケイドはテーブルの端に寄りかかり、腕組みをした。「彼はなんていうか……」薄っぺらい？　見かけ倒し？　くそまじめ？　つまんないやつ？　思い浮かんだ言葉はどれもサンディに言えるはずがなく、彼は肩をすくめた。

彼女も腕組みをして笑い声をあげた。「マッケイド、あなたって本当におしゃべりが上手ね」

「おれは映像で語るタイプなんだ。勘弁してくれよ」

「ねえ……」サンディは言いかけて、ためらった。「彼はわたしの存在に気づいてると思う？」

マッケイドは一瞬視線を落としたあと、ふたたび彼女と目を合わせた。「正直に言ってほしいか？」

「いいえ、嘘が聞きたい」サンディはそう言い、皮肉っぽい口調で続けた。「なんて言うわけないでしょう？　正直に言ってほしいに決まってるじゃない」

「やつに気づいてほしいなら、もうちょっと頑張らなくちゃだめだな」

「やっぱりやめておいたほうがいいわよね――」

「自分を過小評価するのはやめろ」

マッケイドの大声とそこにこめられた怒りに驚いて、彼女が大きく二歩さがった。

「きみはすごくきれいで頭もいいし、面白くてセクシーだ。信じられないほどいい女さ。ジェームズ・ヴァンデンバーグみたいな野郎は、きみに挨拶してもらえただけでも幸運に感謝すべきなんだ。もしやつを手に入れたいのなら――本当にそう望んでいるのか？」

サンディは口を閉じてうなずいた。

「なら、いい」マッケイドはむっつりと言った。「もちろん手に入れられるさ。今度の土曜日から、やつはきみに目を留めるようになる。いや、目が離せなくなるよ」

彼はサンディの腕をつかみ、ドアのほうに引っ張っていった。あわててテーブルの上のブリーフケースをつかんだ彼女を連れて、脇目も振らずにエレベーターへと向かう。

「どこへ行くの？」

「午後は休みを取るんだ」

「そんな簡単に休みなんか――」

「取れるさ」断固として言った。「取れるとも」

サンディはマッケイドの友人のトニーに髪を切ってもらいながら、鏡を見つめていた。

「だけど、パーマなんてかけたくないわ」強く抗議する。「昔、一度かけたことがあるのをあなたも覚えてるでしょう、マッケイド？　感電したみたいになったじゃない。おまけに何カ月も元に戻らなかった」

「でも、そのパーマをかけたのはぼくじゃない」トニーがシャキシャキ動かしていたはさみを止め、鏡越しにサンディと目を合わせた。彼は巨大なクマみたいな男で、上背と同じくらい横にも大きい。その体を淡いグリーンの手術着とゆったりした白いパンツに包み、サンダルを履いている。

彼の服の涼しげな色合いは、美容室のアールデコ調の内装と合っていた。壁はメロンを思わせる緑色に明るい青緑色で縁取りがしてあり、カウンターはその縁取りと色をそろえてある。見まわすと、すべてが清潔でつやつやと輝いていた。

「そうだろう？」トニーが念押しする。

「まあ、そうだけど」サンディはしぶしぶ返した。

「なら、かまわないよね」彼は天使のような笑みを向けると、カットを再開した。

サンディは、腕組みをしてカウンターに寄りかかっているマッケイドのほうをちらりと見た。

「もし気に入らなかったらどうするの？」もう一度、トニーに反論を試みる。

「そんなことありえないさ」トニーは即座に否定した。「大丈夫、保証するよ」

トニーとはハリウッド映画の撮影セットで出会ったのだと、サンディはマッケイドから聞いていた。トニーは数々の有名女優の髪を手がけ、その誰をも失望させなかったらしい。

その後トニーは喘息《ぜんそく》のためスコッツデールに引っ越したが、ハリウッドの彼のクライアントの多くはロサンゼルスのほかの美容師に髪を任せるのがいやで、アリゾナまで飛行機で通ってきているという。

「マッケイド、次はおまえだ。ロビンソン・クルーソーみたいな外見は、いまどき流行らないぞ」

「いや、今日はやめておく。時間がないんだ」

「一五分ですむよ。サンディにパーマをかけているあいだに」

「でも、わたしはパーマには同意してない――」彼女は口をはさもうとした。

「いや、買い物に行くから」マッケイドがさえぎる。「サンディの服を新しくそろえなくちゃならないんでね」

サンディは笑った。「本気？　わたしに服を買ってくれるの？」

彼の浮かべた笑みには断固とした気配がうかがえる。「男がどういう服を好むのか、おれならわかっているからな」

「それが怖いんじゃない」

「パーマをかけろ。終わる頃に戻るよ。どのくらいかかる、トニー？」

「二時間」

「じゃあ、二時間後に戻ってくる」

「わたしのサイズすら知らないくせに」サンディはマッケイドを止めようとした。

「九号だろ。靴は二五・五センチ。ブラは七五のBカップ――」

「やだ、信じられない」早口で言った。「いいわよ、いっそみんなに聞こえるように言えば？　ドライヤーをかぶってる人たちには聞こえないでしょうけどね！」

だがマッケイドはすでに出口へ向かって歩きだしていた。〝あとで〟というように片手をあげる。

「じゃあ、パーマをかけてもいいかな」トニーが丸々とした顔に笑みを浮かべて尋ねた。

「本当にパーマをかけても大丈夫だと思う？」

トニーの笑みが大きくなった。「大丈夫なんて言葉では言い表せないくらい、すてきになるさ」サンディのまっすぐな長い髪を持ちあげる。「想像してごらん。ふわふわとやわらかくカールした髪が、きみの顔を取り囲んでいるところを。腰が出て生き生きした髪になるよ。それをさっとひと振りすれば、マッケイドの欲望に火がついて、やつはきみから手が離せなくなる。絶対さ」

「マッケイドとは、ただの友だちよ」

「もちろんそうだろう」なだめるような笑みを見れば、トニーが彼女の言葉を信じていないのがわかる。

サンディは笑いながら頭を振った。「じゃあ、お願い」いつの間にかそう言っている自分の声が聞こえた。「やっちゃって」

マッケイドは最後の袋をサンディの車のトランクに押し込むと、トニーのサロンに引き返した。妙にむしゃくしゃするのは、いくつも店をまわってへとへとになったからかもしれない。モールで最後に寄ったランジェリーショップが頭に浮かぶ。そこで選んだ美しい下着をつけたサンディを自分が目にすることはないのだと思うと、気分がふさいだ。サンディのやわらかい肌を包む彩り豊かなシルクとレースの下着を目にするのは、ジェームズ・ヴァンデンバーグなのだ。そう考えると正気を失いそうになる。

それなのになぜ、こんなことをしているのだろう?

サンディを愛しているからだ。幸せになってほしいと思っているから。それに心のどこかでは、彼女がマッケイドの大切さに気づいて飛びついてくるんじゃないかという望みを捨てきれずにいる。ジェームズなんて愛せない、自分の心はマッケイドのものだと言ってくれるんじゃないかという望みを。

そうだ。希望は持ちつづけるべきだ、マッケイド。

彼はドアを開けて、トニーの小さなサロンに入った。ひんやりした空気に包まれると同時に、サンディの姿が目に入る。ラッキーだった。こんなに涼しい場所ではなく外で彼女を見ていたら、体が熱くなりすぎて気を失っていたかもしれない。

サンディの髪は横分けにされたあとかきあげられ、美しい顔のまわりにクルクルと渦巻きながら広がっていた。ふんわりと空気をはらんだ豊かな金髪は、つやつやと輝きながら肩や背中へ流れ落ちている。彼女の髪はもともとボリュームがあるが、ゆるくかけられたパーマのおかげで張りが出て、重くならず軽やかに首筋から浮きあがっていた。

サンディはカウンターの上に座り、オレンジシャーベットの中にバニラ味のアイスが入ったアイスキャンディを食べながら、次の客やトニーとしゃべっている。彼女がピンクの舌で溶けたアイスをなめ取っている様子から、マッケイドは目が離せなかった。サンディが視線をあげ、目が合う。

体がいまにも火を噴きそうなくらい熱くなり、マッケイドはあわてて視線をそらした。大きく息を吸い、必死に笑みを作って彼女のほうへ向かう。「すごくいいじゃないか。だから言っただろうって、言ってもいいか？」

「だめ」サンディはアイスに注意を戻した。「そんなこと言うのは許さない」

トニーの客は黒々と眉を描いた年配の女性で、濡らしてとかしつけられた薄い白髪が頭に張りついている。彼女は鏡越しにサンディからマッケイドへと視線を移したあと、ふたたびサンディに戻した。

「あなたのお友だちは髪を切る必要があるわね。それにひげもなんとかしなくちゃ」

「彼は髪に関しては、子どもっぽいこだわりがあるんですよ」マッケイドが目の前に立っていないかのように、サンディがずけずけと言う。

「もじゃもじゃの髪とひげの下の顔は、それほど悪くなさそうね。だけどやっぱり、あなたのタイプじゃないわ」老婦人がサンディに顔を寄せ、声をひそめる。そうすればマッケイドに聞こえないとでも思っているのだろうか？　「彼のような男は、あなたみたいにすてきなお嬢さんには似合わないもの」

頭がどうかしてるんだから気にするなというように、トニーが老婦人の頭のうしろでクルクルと指をまわしている。けれどもマッケイドは思いのほか傷つき、それをサンディに悟られたくなくて顔をそむけた。

ところが彼女が熱心に言い返すのが、すぐ耳に入った。「あら、まったく逆なんですよ。クリント・マッケイドみたいにすてきな男性って、なかなかいません。彼に見劣りしない男性を見つけるのに、一五年もかかっちゃったんですから」

皮肉な思いに口をゆがめ、マッケイドは頭を振った。サンディはどこまでもいい友人として、彼に忠実だ。「さあ、カーク、このアイスクリーム屋からそろそろ退散しよう。トニー、一本分借りだ」

「いや、その必要はないよ」トニーが出口へと向かうふたりに顔を向ける。「ほら、こっちが一本借りてたじゃないか。これでちゃらさ」

マッケイドは歩きながらサンディに気づかれないようにそっと、新たな生命を帯びたような彼女の髪をもてあそんだ。

「マッケイド」トニーに呼び止められて振り向く。サンディが外に出て、ドアが閉まった。

「彼女はいい子だよ」

「知ってる」彼女が車に乗り込むのを、マッケイドはガラス越しに見つめた。

「おまえたちはただの友だちだと、彼女は言っていた」

「そのとおりさ」

トニーは笑った。「へえ。それならぼくの母親は法王さまだ」

マッケイドは両手いっぱいに抱えた紙袋を、サンディの大きなダブルベッドの上におろした。彼女を見あげてにやりとする。「残りを取ってくるよ」

「まだあるの?」そう言ったときには、彼はすでに行ってしまっていた。

サンディは頭を振りながら、ガーメントバッグをひとつ開けてみた。続いてもうひとつ開け、夜用の衣装を引き出す。ほとんどがドレスだ。それらの服を見ているうちにいつの間にか開いていた口を閉じ、笑いだす。

自分なら、絶対にこんなドレスは選ばない。別に派手すぎたり、見るからにひどかったりするわけではない。どれもこれもシンプルでエレガントだ。キラキラ光を反射するスパンコールのたぐいは、まったくついていない。それでもサンディがいつも選ぶような、集団に溶け込む控えめなドレスとは違う。けれど、そういう姿勢が問題なのだ。目立ちたくないと思うことこそが。彼女はもう一度ドレスを見た。臆病なまねはやめなければならない。なんとしても。

別の袋を開けると靴が入っていた。どれもヒールの高いシンプルなパンプスで、ドレスに合わせていろいろな色のものがある。

さらに別の袋にはランジェリーが入っていて、サンディは見るや否や袋を閉じた。それからゆっくりと開け、黒いシルクのとんでもなく小さな下着を取り出す。

ちょうどマッケイドが戻ってきたので、彼女はその黒いものを指先でプラプラさせながらきいた。「まさか、こんなものをわたしに着ろと言うんじゃないでしょうね、マッケイド？」

「着させるつもりがないなら買わないよ」彼はサンディと並んでベッドに座った。「土曜には白いドレスを着るべきだと思う」

マッケイドがあとから運んできた袋のひとつを開けるのを、彼女は見守った。化粧品だ。新しいアイシャドウとブラシ、口紅。まだまだある。

「どうだ、試しに着てみろよ」彼がしびれを切らしたように顔をあげて促した。サンディがすでに白いドレスに着替えていることを期待していたらしい。

「マッケイド……」

「やつに気づいてもらいたいんだろう?」

彼女はのろのろとうなずいた。

「さあ、カーク、とにかく着てみろって。それで気に入らなかったら、あとは誰も無理じいしない」

「わかったわ」弱々しく言って、白いドレスを手に取る。やわらかい手触りで、最高級の生地だとわかった。いままで一度もこんなドレスを着たことはない。試着でさえも。これはきっと体にぴったりと張りつき、すべての曲線を際立たせて、まわりの視線を集めるだろう。

でも、それこそが目的なのだ。寝室の鏡に映った新しい髪型が目に入ると、サンディは急にこのドレスを着た自分を見てみたくなった。

マッケイドはベッドの上でくつろいでいて、動くつもりはないらしい。そこで彼女はドレスを持って、部屋の外に向かった。

「サンディ」

振り向くと、彼が笑みを浮かべている。「こいつも忘れるな」マッケイドはランジェリーの入った袋を開け、信じられないくらい小さな白いものを彼女に放った。

サンディは仕事部屋に行って、のろのろと着替えた。鏡がないので、どう見えるか正確にはわからない。それでも見おろすと、腹部やヒップにぴたりと生地が張りついているさまが目に入った。すごくいい感じだ。それにマッケイドが買ったブラのデザインのどこがよかったのかわからないけれど、胸に谷間ができている。見たこともないほど、くっきりとした谷間が。

ドアを静かにノックする音が響いた。「警察だ。いま、脚の取りしまり中なんだが、きみはストッキングと靴を忘れている」

ドアを開けると、マッケイドが光沢のあるストッキングと白のパンプスを両手にぶらさげていた。パンプスには武器にできそうなくらい細くとがった、とんでもなく高いヒールがついている。彼はその場に立ったまま、眺めを楽しむようにゆっくりと視線をさげ、ふたたび戻した。サンディは思わず胸を隠すように腕を組んだ。

「おっ！　いいじゃないか——」

彼女はストッキングとパンプスをすばやく奪い取り、ピシャリとドアを閉めた。

これまではいたことのない薄いストッキングに片方ずつ足を入れ、丁寧にあげる。それからシンデレラの話を思い出しつつドキドキしながらパンプスに足を滑り込ませると、意外にもぴったりだった。身長が一八〇センチを超えてしまうという事実を除けば快適だ。

ドアを開けると、マッケイドが廊下で待っていた。彼はサンディの手をつかみ、キッチンに引っ張っていった。

「マッケイド、待って。まだ鏡も見てないのに——」

彼に押されてキッチンの椅子に座る。

「それにこんな高いヒールには慣れていないし――」

マッケイドが新しく買ったメイク用品をテーブルの上に並べた。慣れた手つきでスペアのシーツを彼女に巻きつけ、首から下を覆う。

「真っ白なドレスを汚したくないからね」

「マッケイド――」そう言いかけてやめた。大きく息を吸い、努めて冷静に話す。「クリント、いったい何をしようっていうの？」

明るい光の下で、彼がサンディの顔をじろじろ見ている。「ちょっとメイクをしてみようと思って」うわの空で答えながら、どうするのがいいか計画を立てているようだ。しばらくしてようやく笑みを浮かべ、彼女と目を合わせた。「きみにメイクはそれほど必要ない。しなくても、じゅうぶんきれいだからね。だけど持っているものをさらに際立たせるために、ちょっとだけ手を加えるよ」

「本当にあなたがやるの？」

「低予算のプロジェクトで、メイクのアシスタントを兼ねたことが何回かあるんだ。もちろん非公式にだけど。それも労働組合なんてものがない仕事のときだけ」マッケイドの笑みには謙遜のかけらもない。得意げとも言える表情だ。「ジム・ファブリツィオを知ってるかい？　ほら、ハリウッドでも有名なメイクアップアーティストの――」

「ファブリツィオが誰かくらい、わたしだって知ってるわ」

「もしおれがカメラマンをやめたくなったら、彼のところでフルタイムで使ってくれるってさ」

「まあ、あなたはいろんな才能に恵まれているのね、マッケイド」

「顎を少しだけあげて、目をつぶって」マッケイドが指示する。「それから、おしゃべりな口も閉じておいてくれ」

サンディはおとなしく従った。すぐに彼が顔にベースコートを薄く伸ばしはじめる。がっちりとした筋骨隆々の男性にしては、その手つきは驚くほど繊細でやさしい。目を開けると、マッケイドの真剣な目がすぐそばにあった。ジーンズに包まれた長い脚でサンディの脚をまたぎ、のしかかるように作業をしているので、ちょっと姿勢を変えた拍子に内腿が彼女の組んだ脚に触れる。それでも彼に動じる様子はなく、サンディもされるがままになっているしかなかった。

そこで彼女はまた目を閉じて、なんとかリラックスしようとした。そのあいだもマッケイドは低い声で、何をしているところか説明したり、頭をどっちにどれくらい動かしてほしいか指示したりとしゃべりつづけている。顔にかかる彼の息は熱くて甘い。

「できた」マッケイドがようやく言って、彼女に巻いていたシーツをはずした。「あとは仕上げだけだ。そのまま顔を上に向けて、じっとしててくれ――」

だが彼の手が胸の谷間に入り込むのを感じて、サンディはあわてて目を開いた。

「マッケイド！」

彼女の脚に下半身を押しつけるくらい姿勢を低くして、マッケイドが胸に手を伸ばしていた。「落ち着けよ、カーク」そうなだめながら、胸の谷間に何かを軽くこすりつけている手を止めようとしない。「昔からハリウッドで使われている手法なんだ。これで胸がきれいに強調される」

思わず体が反応してしまいそうになるのを、サンディは必死でこらえた。けれども足首からふくらはぎにかけて押しつけられている彼の体のかたい感触を、どうしても意識してしまう。「へえ」マッケイドへのいらだちをかきたてようと、反抗的につぶやいた。腹を立てていればキスしたい気持ちを抑えられるだろうと考えたものの、自分が彼とのキスを現実のものとして思い浮かべているのに気づいてショックを受ける。

「へえ」絶望感に駆られて繰り返した。「とうとう尻尾を出したわね、マッケイド。わたしは男の子みたいな体形なんだって言っても、あなたはいつも否定してたじゃない。でもそんなもので強調する必要があると思うなんて、わたしが正しいと認めたも同然よ」

「まさか」マッケイドが彼女の顎を持ちあげて目を合わせる。「きみは完璧だよ、サンディ。絶対にそれは忘れるな」

彼の目にくすぶる感情の激しさに、サンディは金縛りに遭ったようになって見つめた。

すぐそばに顔があるので、アクアマリン色の虹彩に茶色と緑の線が細かく散っている様子や、瞳孔がごく細い金色の輪に囲まれている様子がよくわかる。「きれいな目をしているのね、マッケイド」そうささやくと、彼の瞳孔が見る見るうちに広がった。

こんな雰囲気になったら、どんな男だってキスをするだろう。クリント・マッケイド以外は。

彼はただまばたきをして笑い、体を起こしただけだった。「さあ、行こう」

サンディは慣れないハイヒールで足がぐらつかないように注意しながら、マッケイドについて廊下を歩いていった。寝室の入り口まで来ると彼が脇によけ、大げさな身振りで先に入るよう促す。

三歩も進むとクローゼットのドアに取りつけられた姿見が目に入り、サンディは足を止めた。

「まあ、信じられない」ゆっくりと鏡に歩み寄る。そこに映る彼女は……きれいだった。白いドレスが体にぴたりと張りついているが、その姿はサンディがいつも感じているようなガリガリではなく、ほっそりとして女らしい。スカートが短いので細くて長い脚が引き立っているし、恐ろしく高いヒールがセクシーなことは彼女も認めざるをえなかった。髪は金色にふわふわと広がって顔を包み、背中へと流れ落ちている。それに顔もまるで違う！黒く染められたまつげに縁取られた目はエキゾティックで、唇の赤は彼女の肌にこれ以上ないというくらい映えている。しかも深くくれたドレスの胸元を見おろすと、バストが豊かに盛りあがっていた。

鏡に目を戻すと、マッケイドが戸枠に寄りかかり、腕組みをして見守っている。

「マッケイド、あなたは魔法使いだわ。これは奇跡よ」サンディは振り返った。

彼が首を横に振った。「それは違う。おれはただ、どんな包みをまとわせれば中身が一番映えるか、知っているだけだ」

鏡の中の自分に目を戻す。最初の衝撃が薄れて現実に立ち返り、サンディはかすかに顔をしかめた。「でも、わたし……こんなドレスは着られない」

マッケイドが体を起こした。「どうして？」

「だって……」理由を探す。「この靴を履くと背が高くなりすぎるもの」

「何を言ってるんだ、カーク――」

「まじめな話よ。わたしを見て。これじゃあ、一八〇センチになっちゃう」

「一八〇センチの美女だ。どこが悪い？」

「みんなを見おろすことになるわ」

「〝みんな〟にジェームズは含まれない」マッケイドは三歩で彼女に近づいた。「やつはおれと同じくらい背が高いんだから。そうだろう？」

「ちょっとだけ低いけど」

「ほんのちょっとだ」彼はダンスでもするようにサンディを抱き寄せた。両腕に力をこめ、引きしまった力強い体に押しつける。「ほら、きみはやつにぴったりだ。やつだって、きっと気に入る。キスをするのに、無理にかがみ込む必要がないんだからな」

マッケイドは腕の中の女性を見つめた。何時間も前から、こんなふうにサンディを抱きしめたかった。彼女は目を見開き、やわらかそうな唇をぽかんと開けて、頭がどうかしたのかというようにマッケイドを見あげている。こうしてサンディの体を感じていると、彼は天にものぼる心地だった。彼女が欲しくてたまらなくなり、シルクみたいな髪に思わず指を通して——。

マッケイドは彼女を押しやり、両手をジーンズの前ポケットに突っ込んだ。なんてこった！　ジーンズの前がふくらんでいることに気づかれてしまう。彼は必死でサンディと目を合わせ、にやりとしてみせた。「やつはきっとメロメロになる。おれを信じろよ」

彼女はもう一度鏡を見たあと、すばやく視線をそらした。「やっぱり、土曜日にこのドレスを着るのは無理よ」残念そうに言う。

「いや、着られるさ」マッケイドは腕組みをした。「きみはうしろ向きに考えすぎだ。もっと前向きにならなくちゃ——」

「男性の連れがいるなら別よ。だけどこんな格好をして、たったひとりであういう場に入っていくことを思うと……」サンディは顔をしかめた。「だって、わかるでしょ？　手はどうすればいいの？　ぶらぶらさせておくわけ？」ふたたび鏡をちらりと見る。「見て、脚が丸出し」

「おれが一緒に行く」

「革のジャケットとジーンズで？　ロサンゼルスではそれで通用するかもしれないけど、ここはフェニックスなのよ」

「おれは本気さ」マッケイドは考えれば考えるほど、その気になった。正装じゃないとだめだという気取ったパーティーに同行するのだ。そうすれば彼女を腕に抱いて踊れる。「きみに男性の連れがいれば、ジェームズの目にはきみがさらに魅力的に見える。わかるだろう？　誰だって、他人のおもちゃを欲しがるもんだ」

「もう、マッケイド。そんなふうに言われて、わたしが抵抗できると思う？」サンディは皮肉っぽく言うと、ベッドの端に腰をおろした。

「おれの言うとおりだと認めろよ」

指先で脚を叩きながら、彼女が目をあげる。「ひげを剃らなくちゃいけないのよ」

「かまわないさ」

「髪も切って」

マッケイドは髪に指を通した。「この髪型が気に入ってるんだ。長いのが流行ってるんだよ――」

「フェニックスのカントリークラブに属しているような人たちのあいだでは、そういうわけにはいかないの」マニキュアがはげていないか調べるふりをして、彼女が指先に視線を落とす。

彼は黙ってサンディを見つめた。一緒に行きたい。どうしても。ジェームズ・ヴァンデンバーグにはすでにつきあっている女性がいるかもしれないし、そもそもブロンドが好きじゃないかもしれない。そしてヴァンデンバーグが振り向いてくれる可能性がないとわかったら、マッケイドにもチャンスが……。

「わかった。きみのためだ。髪を切ろう」

サンディが満面の笑みで顔をあげる。「それじゃあ、わたしがあなたの服を選ぶわね。あなたがわたしの服を選んでくれたように」

「いいだろう。そんなに選択肢はないだろうが。男の場合、ディナーダンスパーティーはブラックタイと決まっている」

「ええ、そうね。だけど、たとえ黒でも革のジャケットはだめなのよ、マッケイド」

一度彼と踊れば、サンディはほかの男に見向きもしなくなるかもしれない……。

マッケイドは笑ったが、その笑いは先ほどまでと違って、心からのものだった。

3

マッケイドは目をつぶって椅子に座り、ドライヤーの音に耳を傾けていた。彼はいま、トニーの魔法に身をゆだねているところだった。ひげのほうはすでに今朝、ゆっくり起きたあとバスルームで短く刈り、それからきれいに剃り落としてある。

トニーにフェニックスの社交界の人々の前に出ても恥ずかしくない姿にしてもらったあと、今夜のための準備をしなくてはならない。まず、サンディに選んでもらったタキシードを取りに行く。彼女にはチノパンやポロシャツなんかも買わされた。そんなものは絶対に着ないと言ったのに。タキシードも彼の好みではなかったが、今夜はそれを着るしかない。寸法直しは三時半までに終わるということなので、その時間に受け取ってコンドミニアムに戻ったら、自分が着替えるのと、サンディに新しいドレスを着るよう促してメイクを施してやるのにぎりぎりの時間しか残らない。

彼は微笑んだ。サンディにメイクをするのは楽しい。彼女の体の熱が伝わってくるくらい身を寄せ、なめらかでやわらかい肌に触れるのは――。

「まったく、おまえってやつは困ったもんだ！　このトニーさまがどんなにすばらしい姿に変身させてやったかまだ見ていないくせに、もうにやついてやがる」トニーの声で、マッケイドはわれに返った。「もしかして、あのゴージャスなブロンド娘でも思い浮かべていたのか？」

マッケイドはゆっくりと目を開け、トニーをにらんだ。美容師がドライヤーを止め、険しい視線を無視して楽しそうに続ける。「そういう間抜けな顔をするのは恋に落ちた男だけだぞ。それにしても、おまえがそんな顔をするとはな」

「余計な詮索はやめろ」マッケイドは椅子にもたせかけていた体を起こした。「終わったのか？」

「そんなにすぐ終わるわけないだろう！」トニーがマッケイドを押し戻す。「隠しているつもりの秘密を見抜かれたからといって、毛くずをまき散らかしながらあわてて出ていこうとするのはやめてくれ」

鏡に映った自分を見て、マッケイドは顔をしかめた。癖のある茶色い髪が、なんというか……軽やかに浮きあがっている。サイドや耳のまわりは短くなり、前髪はムースをつけて額から立ててあるが、重力や湿気に従って垂れた部分が頭に戻るだけの長さは残してあった。ところどころに入っている金色のメッシュのせいで、週末にセーリングやゴルフでも楽しんでいるように見える。

「否定しないんだな」切り落とした髪のついたケープをゆっくりと丸めながら、トニーが指摘した。

「無視しているだけだ」落ち着いて返した。

「じゃあ、否定してみろよ」美容師の茶色い目が急に真剣味を帯びる。「まっすぐに目を見て言え。〝トニー、おれはサンディに恋してなんかいない〟とな」

マッケイドはトニーと目を合わせた。「おれは恋してなんか――」だが、思わず視線をそらしてしまう。「ちくしょう」

トニーは友人をからかうようなばかなまねはしなかった。代わりに丸々とした体の前で太い腕を組む。「マッケイド、彼女が好きなら、どうしてほかの男の気を引く手伝いなんかする？」

「幸せになってほしいからだ」

トニーが噴き出し、大声で笑いだした。「幸せになってほしいからだって？」苦しそうにあえぐ。「信じられない。なんて美談だ。まったく、マッケイド、おまえがそんなばかだとは思わなかった。ただ好きだと打ち明けるほうが、サンディをずっと幸せにできると思わないのか？」

「彼女はそういう意味ではおれを求めていない」かたくなに言い返した。

トニーがさらに大きく笑う。「彼女に愛していると打ち明けろ、マッケイド。でなけりゃ、ぼくが言っちまうぞ」


電話が鳴るやいなや、サンディはすぐに出た。「もしもし」

「おれだ」

「マッケイド、よかった。心配してたのよ」

「ゆうべ言っておいたじゃないか、トニーに髪を切ってもらうって。それに……」マッケイドは咳払《せきばら》いをした。「ところで、やつから電話があったかい？」

「トニーから？　どうして彼がわたしに電話をしてくるの？」

「さあね。とにかく、遅れるから切るよ」

「遅れるだけなら、どうということはないわ。ずっと連絡してこないから、わたしはてっきり……」

「なんだ？」

「なんでもない」

「てっきり、なんだよ？」

「もういいってば」

「まさか、おれが街から逃げ出したとでも思ったのか？」

「えっと、まあね」サンディは認めた。起きたらマッケイドの姿がなかったし、彼女の車ではなくハーレーが消えていた。最初は別にどうとも思っていなかったけれど、時間が経つにつれて最悪の事態が頭をよぎるようになったのだ。

「まるで信用がないんだな」彼の声から、感情がすっかり抜け落ちている。「いままできみと約束して、それを破ったことがあったか？」

「いいえ、一度も。だけど今回はいつものあなたらしくない感じがして、もしかしたらって――」

「わかった。とにかくきみの想像は間違っていた」マッケイドがこわばった声でさえぎった。「タキシードの寸法直しがもうすぐ終わる。そうしたらここで着替えて、急いで戻るよ。だけど、あと二〇分はかかりそうだから――」

「〈ポイント〉で落ちあいましょう」サンディはさえぎった。「早めに行かなくちゃならないから、悪いけどあなたを待っていられないの」

彼が小声で毒づいた。「メイクをしてあげたかったんだ」

「わたしが自分でなんとかするしかないわね。じゃあ、現地で」

「サンディ、ちゃんと白いドレスを着てこいよ」

「もう着てるわ」

「そうか」声が一気に元気になった。「よかった！　無理やり着せなくちゃならないかと思ってた」

そうされている光景が頭に浮かび、サンディは顔が熱くなった。「じゃあ、もう切らなくちゃ。できるだけ遅れないようにしてね」

「髪を短くしたから、おれだとわからないかもしれないな。タキシードを着てカメラを構えているやつがいたら、そいつがおれだ」

サンディは、タキシード姿の男性をこんなにたくさん見たのは生まれてはじめてだった。夕方なのに、気温はまだ三七度近くあるだろう。タキシードをまとった男たちはエアコンのきいた贅沢《ぜいたく》な車からフェニックスの高級リゾートホテルの涼しいロビーへと、熱く焼けた歩道の上を足早に横切っている。

そしてこれに負けない存在感を放っているのが、きらめくドレスの群れだった。タキシード姿の男性と連れ立ってやってきた女たちのドレスは、あらゆる種類のビーズやスパンコールで光り輝いている。

それらとは対照的になんの飾りもついていない自分のドレスを見おろして、サンディは微笑んだ。目立ちすぎると思って着るのをためらった白いドレスも、ここで見るとシンプルで上品で控えめだ。スカート丈が思いきり短いのは否定できないけれど、たとえばいま入ってきたイミテーションのクジャクの羽根をごてごてとつけたドレスに比べれば、これ見よがしなところがまったくない。

ハーコートのスピーチが行われる部屋の入り口に、タキシード姿がひときわ凛々《りり》しいジェームズ・ヴァンデンバーグが立っているのが見えた。黒髪をオールバックにしてハンサムな顔をあらわにした彼は、ロビーに充満している期待と興奮に目を輝かせている。ジェームズのそばに行って言葉を交わすことを考えただけで、サンディの胃は緊張にねじれた。仕事の話ならなんとかなる。でもスケジュールやカメラワークについて話し終わったら、あとは何を話せばいいのかわからない。もともと人としゃべるのが苦手なうえ、彼がどんなものに興味を持っているのか見当もつかないのだ。

そのとき、やはりタキシードをまとった男性がジェームズに近寄って握手をするのが見え、サンディは歩み寄るスピードを落とした。彼らはふたりとも、ギリシア神のように魅力的だ。そんな男性が世の中に何人もいて、しかも知りあい同士だなんてわけがわからない。ジェームズと話している男性は彼女に背を向けているものの、いかにも高そうな生地のタキシードは彼の体つきを最大限に引き立てるように仕立てられている。それにしても、なんてすばらしい体なのだろう。ジェームズよりも背が高く、引きしまっていて力強い。肩だって、誰かさんと同じくらい広くて……。

まさか、ありえない。

群衆をチェックするようにあたりを見まわしていたジェームズがサンディに気づいた。驚いたようにわずかに目を見開き、笑みを浮かべる。彼はそのまま視線をはずさずに、隣の男に何か言った。

男が持っていた撮影用のカメラを肩にのせて振り向く。

マッケイドだ。

でも、いつものマッケイドとはまるで違う。サンディは脈が三倍の速さに跳ねあがり、口がカラカラに乾くのを感じた。考えてみれば、こんなに髪を短くした彼を見るのははじめてだ。耳が出ているのなんて見たことがない。もちろん、ちらりとならあるけれど。彼は本当に形のいい耳をしている。耳だけじゃない。すべてがすてきだ。ひげのない顔は昔から見慣れているのに、何かがまったく違う。やはり髪型のせいだろう。前髪を立ててからうしろに流しているので、いつもより顔がよく見える。

長い髪で顔が半分隠れていても、マッケイドは腹立たしいくらいハンサムだった。それがこうやって顔が全部あらわになると、言葉にできないくらいの男ぶりだ。

サンディと目が合ったマッケイドが口の両端を持ちあげた。彼の目はまるで溶けたトルコ石みたいだ。

「間に合ったのね」声がかすれる。

「きみも」彼がそう応えつつ視線を動かしたので、サンディも追いかけた。

ジェームズ。そうだ、ジェームズのところに向かっていたのを忘れていた。彼はすでにサンディの横にいる。「こんばんは」彼女は差し出された手を握った。「準備はもう終わっているのかしら」

「すっかりね」ジェームズがきれいにそろった白い歯をちらりとのぞかせる。「今日のきみはすてきだ」

彼はまだサンディの手を握っていた。「ありがとう」ぎこちなく手を引き抜く。視界の端で、人々のあいだに消えていくマッケイドの姿をとらえた。彼女を見捨てて行ってしまったのだ！　いや、違う。気をきかせてジェームズとふたりにしてくれたのだろう。けれどもサンディは、ふたりになんかなりたくなかった。辛口なユーモアのセンスを持ち、機転がきくマッケイドには、そばにいてジェームズとの会話を助けてほしかった。

マッケイドはジェームズと話しているサンディを部屋の反対側から見つめた。彼女の肩には力が入り、緊張しているのがわかる。体じゅうの筋肉がガチガチにかたまっていて、心もとなさがはっきりと伝わってきた。

彼女にはさらなる手助けが必要だ。ジェームズの気を引くためには、服と髪型を変えるだけでは足りない。ふるまい方を根本から直す必要がある。

サンディが何か言い、ジェームズが笑うのが見えた。しかしその笑いは自然にわき出たものではなく、よそいきだ。ふたりが握手をして、別々の方向に分かれた。

マッケイドはサンディを追ってふたたび人々をかき分け、ハーコートがスピーチをする部屋に入った。だが、もう彼女と話す時間はない。サンディにはいろいろと準備をしなければならないことがあるし、州知事候補が話しはじめれば、マッケイドのほうがカメラをまわすのに忙しい。彼女とちゃんと話せるのは、撮影が終わって機材をヴァンに積み込んでからだ。

サンディが今度はメインの入り口の横に立って、アシスタントのフランクとジェームズの三人で話している。フランクが明るく手を振って離れていくと、彼女の緊張感が増すのがわかった。それから三〇秒も経たないうちに、ジェームズも立ち去った。

「やあ」マッケイドはサンディのうしろから声をかけた。「ボールルームではバンドがもう演奏を始めてる。試しにちょっと踊ってみないか？」

「ダンスなんて、いつ覚えたの？」彼女が片方の眉をあげる。「フレッド・アステアの映画をちょっと見たくらいで、簡単に覚えられるようなものじゃないのに」

「母さんに教わった」

サンディが笑った。「またまた、冗談ばっかり」

「見てくれのよさだけでは世の中を渡っていけない、男が成功するためには学ぶべきことが三つあると母さんは言ってた。そのひとつが社交ダンスだったのさ」

マッケイドは彼女の手を取って自分の腕にかけさせると、ボールルームに戻った。

「あとのふたつは何？」

「ひとつは、ものごとを調べる能力」彼は答えた。「母さんによれば、テストの答えを暗記するだけじゃ賢くなれないらしい。そんなのは、ただのオウムだとさ。だがものごとを調べる能力があれば、ほとんどすべての疑問に対する答えが見つかるんだそうだ」

二〇人編成のビッグバンドが部屋の隅で音楽を奏でている。マッケイドはサンディをダンスフロアに引っ張っていった。

「あなたは踊り方を知ってるかもしれないけど、わたしは知らないわ」

「おれのリードについてくればいい。それで、ヴァンデンバーグとはどうだった？」

「彼といると緊張しちゃって」

「それは見ててわかった」

「冗談を言ったんだけど、わかってもらえなかったみたいだし。もっと……」

「なんだ？」マッケイドは彼女の目をのぞき込んだ。その比類なき純粋なブルーグレイを見つめていると、心が穏やかになっていく。

けれどもサンディは首を横に振っただけで、別の質問をした。「愛と欲望の違いって、どうしたらわかるの？」

彼はびっくりして、思わず笑ってしまった。「尋ねる相手を間違えてるよ。愛に関して、おれにはほとんど経験がない」

サンディが顔をほころばせる。「何を言ってるのよ、マッケイド。もう一五年のつきあいじゃない。あなたが恋に落ちるところを、少なくとも二〇回は見ているっていうのに――」

「本物じゃなかったんだ。本当に恋したのは一度だけさ」

「じゃあ、そこには違いがあるってことね。どう違うのか教えて」

彼は首を横に振った。「カーク――」

「お願い。こういう話ができるのは、世界じゅうにあなたしかいないの」

マッケイドは黙ったまま、彼女を見おろして踊りつづけた。

「愛してるってわかったのはベッドに行く前？　それともあと？」サンディがきく。

頭を振って天井を仰ぐ。「サンディ――」

「マッケイド」彼女がまねをする。

「前だ」彼は答えた。「ベッドに行く前にわかった」

「たしかなの？」

「ああ、たしかだ」

「どうしてそう言えるのよ？」

「彼女とは、まだ愛しあったことがないからさ」

マッケイドはサンディの目に驚きが広がるのを見つめた。「冗談でしょう？」

「別の話をしないか？」なんとか話題を変えようとする。「スパイク・リー監督の最新作は観たか？」

「あなたが誰かを愛していながら、ベッドに連れていかないなんて――」

「いいか、当事者はふたりいるんだ、カーク」彼は低く笑った。「わかったか？　じゃあ、これで話は終わりだ」

サンディはマッケイドのハンサムな顔をまじまじと見つめた。彼は動くたびにふたりの腿がこすれあうくらい、ぴったり体を寄せている。改めて意識すると、ふたりのバランスは完璧だ。彼が言っていたとおり――。いや、違う。マッケイドはサンディとジェームズについて言ったのだ。彼女とマッケイドについてではなく。

サンディは目をつぶり、クリント・マッケイドが彼女を友だちではなく女として見てくれる世界を思い浮かべた。その世界では、彼女はさらにきつく抱き寄せられている。体が燃えるように熱くなって……。「無理よ。そんなの信じられないもの。あなたを拒否できる女性が地球上にいるなんて、ありえない」

マッケイドは笑っただけで、何も言わなかった。

4

サンディはコーヒーテーブルの上に鍵を放って、ドサリとソファに座った。

「あーあ、もう全然だめだった」やわらかいクッションに顔を押しつけて愚痴をこぼす。「ジェームズ・ヴァンデンバーグに、気の抜けたビールみたいな女だって思われたわ」

「いや、もっとひどいかもな」マッケイドが上着を脱ぎながら、彼女の向かいにあるロッキングチェアに腰をおろした。「気が抜けているうえにぬるくなったビールみたいだって、思われたんじゃないか?」

サンディは顔をあげて彼を見た。「どうして励ましてくれないのよ、マッケイド?」

彼は蝶ネクタイをほどいて、シャツのボタンをはずしはじめた。「ボディランゲージって、聞いたことがあるか?」

「うーん、あんまり」

「ふうん」

彼女は体を起こした。「〝ふうん〟ってどういう意味よ」

「きみがジェームズと話しているところを見たが、きみの体はずっと〝あっちに行って〟というサインを出していた」マッケイドは袖口のカフスをはずした。「腕を組んで、脚をぴっちり閉じて立っていただろう？　あの姿勢は〝触らないで〟と大声で主張しているのと同じだ」

「別にそんなつもりは――」

彼がズボンからシャツの裾を出して脱ぐ。「要するに、それがボディランゲージなんだ。たいていの人は無意識のうちに使っている。だがきみはいつどこで忘れてしまったのか知らないが、男女の駆け引きのテクニックがまるでなっていない」

サンディはソファの上で座り直して腕を組んだ。「そんなもの、はじめて聞いたわ。知らなかったものを忘れられるはずないでしょう？」

「いま、きみが取っているのは防御の姿勢だ」マッケイドは彼女の組んだ腕を指さして、ブーツを脱いだ。「言われたことが気に入らず、納得するつもりはないと伝えている」

「どうせ『プレイボーイ』か何かで読んだんじゃないの？」きつく腕を組んだまま言い返す。

「いいか」彼はサンディの隣に座った。「これからおれが、男が使うテクニックの例を見せてやる。それを見てもまだばかばかしいと思うなら、もう何も言わない。どうだ？」

タキシードのズボンの上にノースリーブの下着のシャツだけを着たマッケイドは、高校時代の彼を思い起こさせた。彼女のほうを向いてソファの端に座り、膝を曲げた右脚をクッションにのせて、ゆったりとくつろいでいる。指を通して乱した短い髪が、すごくセクシーだ。

サンディは視線をさげ、肩をすくめた。「じゃあ、やってみれば」

「まず、そんなふうに座ってちゃだめだ」マッケイドは彼女に自分のほうを向かせると、左腕を取ってソファの背にのせた。右手は腿の上に置かせる。そしていまにも膝同士が触れそうなその位置から、さらに前に乗り出して話しはじめた。

「ステップ一、相手のパーソナルスペースに入り込む。ステップ二、目を合わせる」彼が目を合わせてにこりと笑う。

サンディは笑みを返した。「ねえ、こんなのばかげてる――」

「まだ終わってない」マッケイドがさえぎる。「言葉をまったく発さずに、興味があると知らせることができる。女性としての彼女に」

彼は視線をさげ、サンディの唇をじっと見つめた。それから視線をさらに下へ動かして、ドレスの深くくれた胸元に沿ってさまよわせた。彼女は一瞬笑いだしそうになったが、マッケイドが視線をゆっくり戻して目を合わせてきたときには、そんな衝動はすっかり消え、口がカラカラに乾いていた。

「これがステップ三だ。これをやって相手の女性が逃げ出したり、身体的接触をいやがっているそぶりを見せたりしなければ、ステップ四に進む。さりげなく体に触れるんだ。性的な意図はこめずにね。たとえば握手する……」

彼がサンディの手を引き寄せて、指先を軽く握る。

「様子を見て、もう少し親密さを加えてみてもいい」マッケイドは彼女の手の甲に親指を軽く滑らせた。「これは単に友好の意を示すだけの仕草じゃない。性的なメッセージを発信している」

サンディは自分の手をじっと見つめた。彼の親指の動きはほんのわずかだが、ひどく官能的だ。目をあげると、マッケイドが彼女の脚を見つめていた。ゆったりと視線を這わせ、ふたたび目を合わせる。

彼の瞳には熱い欲望が浮かんでいた。

マッケイドはただ演じているだけなのだと、サンディは自分に言い聞かせた。ボディランゲージとはどういうものか、例を見せているだけなのだと。彼につかまれた手を慎重に引き抜く。

「彼女の反応がなかったり、それ以上直接触れるのが無理だったりする場合は、代わりのものに触れることで気持ちを伝えるという手もある」マッケイドは笑みを浮かべ、白い歯をのぞかせた。「なんだそれって思うだろう？　だが、別に変なことじゃない」

サンディの見ている前で、彼はソファカバーの花柄を指でなぞった。彼女を見あげてかすかに笑う。「この仕草は、本当はきみに触れたいんだって知らせるものなのさ」

リビングルームの薄暗い照明が、手のわずかな動きに収縮するマッケイドの肩と腕の筋肉を浮かびあがらせる。彼が唇を舌で湿らせると、サンディは口の中が干上がるのを感じた。

「マッケイド」声がかすれてしまったので咳払いをし、ふたたび腕組みをする。「女性の誘惑の仕方について、あなたが本を書けるくらい詳しいのはわかったわ。でもそういう男性側のテクニックが、わたしになんの関係があるの？」

「今夜ジェームズがシグナルを出していたのに、きみはあとずさりしただけだった」彼が立ちあがった。「ビールを取ってくるよ――きみもいるかい？」

サンディはうなずいた。「お願い」

「ひとつ、言わなかったことがある」彼がキッチンから声を張りあげた。

冷蔵庫のドアを開け閉めする音がする。

「〝身づくろい〟だ。男も女も、誰かに惹かれると身づくろいをする」瓶の栓が抜かれ、ビールがシュッと泡立つ音が響く。そして、栓がごみ箱に投げ込まれる音が続いた。「男なら、ネクタイを整えて髪を撫でつける。今日、ジェームズもやっていた。これは無意識にやるものなんだ。覚えておくといい」

マッケイドはシンクで冷たい水を出して、両手を冷やした。ソファから彼を見つめているサンディをいますぐ抱きあげて寝室まで連れていかないためには、ありったけの自制心が必要だった。

彼女が喜んでベッドまで運ばれていくはずがない。

マッケイドは目をつぶった。サンディがのしかかる彼に待ちかねたように抱きつき、ベッドに引きおろすさまが一瞬頭に浮かぶ。

彼はペーパータオルで手を拭き、額ににじんだ汗をぬぐった。

リビングルームに戻って、冷えたビールをサンディに渡す。

「さて、いまジェームズがきみにシグナルを送っているとする」話を戻して、ソファに腰をおろした。「きみはどうする？　腕組みをして、全身でやつを拒絶するのか？　何分か前、おれに対してそうしたように」彼女をちらりと見る。

マッケイドはソファに体を預け、足をコーヒーテーブルにのせた。頭をうしろに傾けて、ビールを長々と流し込む。サンディは彼がビール瓶を口から離すのを待って、腕にパンチした。

「あなたを拒絶してなんかいないわ」

「いや、したね」

「ボディランゲージについて、どうしてそんなによく知ってるの？」彼女が怪しむように目を細める。

マッケイドは肩をすくめた。「さあね。一度何かで読んで、なるほどと思ったからかな。

そのあと、気をつけて人の仕草を見るようになった。それまでも、人が状況に応じていろんな仕草をするのには気づいていた。だけどその本を読んだあとは、そういう仕草をどう解釈すればいいかがわかったんだ」照れ隠しに笑みを浮かべながら告白する。「きみの言うとおり、しばらくはそれを使って女を引っかけてた。女たちのいる場所に行って、ほんの数分観察するだけで、誰がおれに気があるのかわかったよ。いつだって当たってた」

「そうなんでしょうね」サンディがつぶやく。

「話がそれたな。とにかくきみは、女ならではのテクニックを学ぶ必要がある」

「どういうもの？」

「手を使うんだ」

彼女は笑いだした。「詳しく聞くのが怖いわ」

マッケイドはにやりとして、手のひらを上に向けて差し出した。「これは降伏の仕草だ。暴力を振るうつもりも、危害を加えるつもりもないって意味さ。ボディランゲージの研究によれば、女性は興味のある男性に手のひらを見せるらしい。男が攻撃的で、女が受動的という伝統的な関係性から来ているんだろう。降伏した女を、男が褒美として勝ち取るというわけだ」

「いやね、なんて時代錯誤なのかしら」サンディが顔をしかめる。

「ああ、そうだな」彼は笑うしかなかった。「ジェームズ・ヴァンデンバーグがボディランゲージについて知っている可能性はほとんどないと思うが、それでもやつは必ず無意識に、きみが送るシグナルに反応するよ」

「じゃあ、彼のところへ行って、手のひらを見せろっていうの？」

「いや、もっとさりげないやり方のほうがいい」マッケイドは彼女と向きあった。「髪をかきあげてごらん」

サンディが言われたとおりにする。

「いいぞ。いま、きみは手のひらをちらっと見せた」

「見せてないわ」

「いや、見せたのさ。本能的に。きみの頭の中にあるホルモンを盛んに分泌している場所が、おれを男だと認識しているんだ」

「ホルモンを盛んに分泌している場所ですって？」彼女は鼻で笑った。「なんて科学的なの」

「これ以外にも、さっきおれが見せた男の使うテクニックは女でも使える。パーソナルスペースに入り込むとか、目を合わせるとか、別のものに触れるとか。ああ……ひとつ、女にしか使えないやつがあった。脚を使うんだ」

マッケイドは勢いよく立ちあがると、サンディがソファの上にのせていた両脚を引っ張り出して、脱ぎ捨ててあった靴を履かせた。

「マッケイド」彼女が抗議する。

「もたれないで、まっすぐ座って」マッケイドはきびきびと指図した。

「わかった、わかったわよ。もう」

「次に脚を組む」

高価なストッキングに包まれた脚がこすれあう音が静かな部屋に響く。彼はふたたび汗が噴き出すのを感じた。ずりあがったスカートを、サンディが懸命に引きさげようとしている。

マッケイドは止めた。「そうやってスカートを直せば、きみはただ心地よく座りたいだけなんだっていうシグナルを発することになる。だがスカートを放っておけば、それは誘惑だ」

「誘惑って、何を誘い寄せるわけ?」彼女はとにかくスカートをさげた。「災厄じゃないの? こんなにスカートが持ちあがるままにしておいたら、公然猥褻罪《わいせつざい》で逮捕されちゃうわよ」

「おれが何を考えているかわかるか?」

「あなたの考えていることなんて絶対にわからないわ、マッケイド」

「ビジネスの世界で生きる女として成功したいなら、きみはボディランゲージを変える必要がある」彼は言葉を選びながら言った。「意図的に人と目を合わせ、余計な動きはしないようにするんだ。いまのきみは間違ったシグナルを送りすぎている。それを最小限にとどめる必要がある。ジェームズとロマンティックな関係になれるよう目指すのは、結構大変かもしれないな。ビジネスの相手でもあるから」

「分析をありがとう、フロイト博士。母がわたしの人生に及ぼしている影響については論じないのかしら」

「興味があるとジェームズに知らせたいのなら、ちゃんとそう伝えなくちゃならない」マッケイドは彼女の言葉を無視して続け、ビールの残りを飲み干した。「そして、そのための一番簡単な方法はボディランゲージを使うことだ」

サンディはビールをゆっくり飲むと、唐突に言った。「まだ三つ目を聞いてないわ」

虚を突かれて、彼は尋ねた。「三つ目って?」

「男が成功するためには学ぶべきことが三つあるって、お母さまが言ってたんでしょう?ひとつ目は社交ダンス。ふたつ目はものごとを調べる能力。三つ目は?」

「女性と愛しあうときは、〝ペニスの大きさじゃなくてハートの大きさが大事〟だってさ」

サンディが赤くなった。「お母さまがそんなこと言うはずないわ。マッケイド、全部あなたが適当に作ったんでしょう!」

彼は笑みを大きくした。「誓うよ。いまのは一言一句、母の言葉だ。少しも変えてない」

「そんな直接的な言葉を口にするなんてありえない。絶対に信じないわよ」

「一二歳のときから、毎年誕生日には母さんからはコンドームをひと箱もらっていた」

サンディは笑った。「嘘よ!」

「責任を持って避妊することを、きちんと考えさせたかったんだそうだ」

彼女はミセス・マッケイドの姿を思い浮かべた。疲れた感じの物静かな女性で、つやのない茶色の髪と恥ずかしそうな笑みが印象に残っている。「絶対に嘘」

「まあ、人っていうのは意外性に満ちているもんだ。見かけどおりじゃないことだってある。母さんはそのことをおれに教えてくれた」

マッケイドの母親は、彼が高校三年生のときにこの世を去った。

「早くに亡くなられて、残念だったわね」サンディは静かに言った。

「ああ、寂しいよ」彼が応えた。


「まったく、おなかがすきすぎて死ぬところだったわ。そういえば、お昼は食べたんだったかしら」サンディはようやく皿から顔をあげた。

「おれの気づいたかぎりでは、食べてなかったな」ロッキングチェアに座っているマッケイドが、身を乗り出してピザをもうひと切れ取る。

彼女はソファにドサリと座り直した。「ようやく満腹になったら、急に疲れが出てきちゃった。これで五週間も持つのかしら。明日の撮影は、わたしがカメラをまわさなくちゃならないのに。オライリーがおじいさまのお葬式でモンタナまで行っているから」

「明日のスケジュールはどうなってる?」

「ミスター・ハーコートが教職員組合のピクニックで講演をするの」サンディは目を閉じた。

「ジェームズも来るんだけど、何を着ていけばいいと思う?」

「いま着ているものを着ればいいさ。ホルターネックのトップスにショートパンツ。すごくセクシーだよ」

彼女は驚いて目を開き、マッケイドを見た。けれども彼はピザの箱から最後のひと切れを取るために、手を伸ばして探っている。サンディは彼のほうを向くと、頬杖をついて呼びかけた。「マッケイド」

「うん?」彼は顔をあげない。

「お願いがあるんだけど」

マッケイドがようやく目をあげた。日焼けした顔の中で、鮮やかな青い瞳がキラリと光る。

彼はコーヒーテーブルの上のソーダ缶の隣に取ったばかりのピザをのせた皿を置くと、ナプキンで手を拭きながら立ちあがった。

「なんだ? 背中でも揉んでほしいのか?」そう言いながら、ソファの横に立つ。「じゃあ、うつぶせになれよ」

サンディは戸惑って見あげた。にこりともしない彼の顔が、なぜか険しく見える。

すぐに答えないでいると、マッケイドは彼女を押しやって場所を作らせ、隣に座った。

仕方なくうつぶせになり、両腕の上に頭をのせる。彼の筋肉質の腿が押しつけられるのと同時に、髪がそっと脇に寄せられるのを感じた。力強い指が背中の素肌に触れる。

サンディは目を閉じた。こわばった肩や首が、やさしく揉みほぐされていく。陶然としながら、まるで恋人みたいな触れ方だと一瞬思ったとたん、体じゅうの感覚が鋭敏になった。脚に当たっているジーンズに包まれたマッケイドの脚が、気になって仕方がない。さっき、彼はなんと言っていただろう？　ステップ一、女性のパーソナルスペースに入り込む。そして――。

彼女は目を開けて顔をあげると、振り返ってマッケイドを見た。けれども彼はちらりと目を合わせただけで、すぐにまた仏頂面で視線を落とし、背中のマッサージを続けている。サンディがそのまま見つめていると、まるで歯を食いしばったかのように彼の顎の筋肉が動いた。

彼女は顔を戻して両手の上にのせた。一瞬、妙なことを考えた自分を心の中で叱る。マッケイドがボディランゲージを使って彼女に気持ちを伝えているなんて、ありえない。もしそうなら、彼はステップ二――目を合わせるのを忘れている。

「わたしが告白を始めても手を止めないって、約束してくれる？」

その言葉にマッケイドは一瞬躊躇《ちゅうちょ》した。告白だって？　「わかった」脈が速くなるのを感じながら、なんとか平静な声を出す。「告白でもなんでもしたらいい」

「頼みたかったのは背中のマッサージじゃないの」

マッケイドを愛してしまったのだとサンディが告白するつもりかもしれないと考えた自分を、彼はあざ笑った。「違うのか？」

「ええ……」彼女が首に手を感じて、マッケイドがやりやすいように頭を傾ける。

「それなら、なんだよ」

「人前では、カサンドラって呼んでくれない？」

彼が手を止めると、サンディが見あげてきた。「変なお願いだと思うでしょう？　じつは、ここではカサンドラで通っているの。でもあなたがサンディって呼んでいるのを聞いたら、みんなもそう呼びはじめるわ――」

「カサンドラ」マッケイドは繰り返した。

「ばかみたいよね、わかってる。だけど、わたしももうすぐ三〇よ。だからみんなにサンディじゃなくてカサンドラと呼んでほしい。サンディって、チアリーダーか、青春ドラマの主人公の女の子の親友かなんかみたいでしょう。すごく子どもっぽくて……わたしが言ってる意味、わかる？」

彼は背中のマッサージを再開した。「いや。だが、きみが望むならそうするよ。カサンドラか」響きを試してみる。「まあ、きれいな名前だしな。だけど、ときどき思い出させてもらわなくちゃならないかもしれない」

彼女はうなずくと目を閉じた。「ありがとう、マッケイド」眠たげにつぶやく。「あなたって、本当にいい友だちだわ……」

「ああ」静かに言った。「わかってる」

彼女の呼吸がだんだん遅くなり、規則正しくなった。マッケイドはのろのろと立ちあがり、毛布を見つけてサンディにかけた。いや、カサンドラだ。心の中で訂正する。

たしかにカサンドラという名前は彼女に合っている。優雅な外見や、成功している会社の社長という地位にふさわしい響きだ。彼女は上流階級の仲間入りを果たし、カントリークラブに迎え入れられるべき人間になった。カサンドラ・カーク。もうサンディではない。いまの彼女はカサンドラだ。

ちくしょう。マッケイドは毒づいた。彼が求めているのはサンディだ。彼にいつもくっついてきて、いろんな苦境を一緒にくぐり抜けてきた、かわいらしい顔の少女。サンディはマッケイドを必要としてくれた――彼の友情とアドバイスと助けを。だが、カサンドラは大人の女性だ。エレガントで洗練された彼女は、ものごとを自分でコントロールできる。そのうえジェームズ・ヴァンデンバーグ四世をつかまえたら、もう二度とマッケイドを必要としないだろう。彼女の人生に彼の居場所はなくなるのだ。

でも、まだいまはマッケイドの助けを必要としている。

それによく考えたら、この状況は彼が思っているほど望みがないわけでもない。ジェームズ・ヴァンデンバーグ四世にのぼせあがっているサンディの気持ちを、うまく利用できる可能性がある。

そうだ、サンディには彼の助けが必要だ。だからそれを与えてやろう。こちらの思惑もたっぷり加えて。

5

「やあ」

カメラを機材運搬用のヴァンに積み込んでいたサンディが驚いて顔をあげると、ジェームズが駐車場に立って笑みを向けていた。

「まあ、こんにちは」挨拶を返したとたん、もっと気のきいた言葉にすればよかったと激しく後悔する。

「きみが自分でもカメラをまわすなんて、知らなかったよ」ジェームズは高価そうなサングラスをはずして、サンディが午後じゅう肩にのせていたビデオカメラに目をやった。いまはヴァンの中に置かれているカメラを示して、彼が続ける。「ぼくが持っている家庭用のやつより、ずいぶん大きいな」

彼女は緊張して、顔に落ちた巻き毛をうしろに撫でつけた。髪は編み込みの三つ編みにしてあったが、ギラギラと照りつける太陽の下で午後じゅうサイモン・ハーコートを追いかけているうちに、すっかりゆるんで崩れてしまっていた。髪だけではない。全身がくたびれている。サファリショーツは汚れているし、蛍光ピンクのタンクトップはアリゾナの赤茶けた砂埃を浴びてくすんでいる。

笑顔のジェームズと、サンディは懸命に目を合わせた。怖じ気づいているのを悟られないように祈りながら、〝ステップ二〟だと自分に言い聞かせる。彼の笑みはあたたかくて魅力的だ。マッケイドほどではないとしても……。

ジェームズがカメラに目を戻した。「持ってみてもいいかな？」彼女がうなずいたのを確認して、カメラを手に取る。

「うわ」彼が顔をしかめた。「こんなに重いなんて知らなかったよ。これを一日じゅう持っていたのかい？」

腕力の強さを褒められるなんて気恥ずかしいと思いながら、サンディは苦笑いを浮かべた。「午後のあいだだけね。クルーがひとり家族の事情で来られなくなったから、その代わりに」

「すごいな」ジェームズがカメラを戻す。「きみを怒らせたら大変だと、もし忘れていたら警告してくれないか？」

まるで男女がたわむれているような会話だ。まさか、ジェームズはわたしに興味を持っているのだろうか？　サンディはどぎまぎしながら、カメラをケースにしまう作業に神経を集中させた。しっかりとケースを閉じ、ヴァンの側面に固定する。

「疲れただろうね」ジェームズが言った。

「シャワーを浴びて冷たいソーダを飲んだら生き返るわ」彼女はヴァンの端に移動して、飛びおりようとした。ところが、足がワイヤーに引っかかってしまった。

駐車場の反対側にいたマッケイドは、ヴァンの後部に乗ったサンディがバランスを崩して頭から落ちかけるのを見て、心臓が飛び出しそうになった。彼女は両手を前に伸ばしているが、砂利敷きの地面に落ちた衝撃はほとんど防げないだろう。間に合うはずがないとわかっていても、思わず駆けだす。

だが、サンディのすぐそばにいたジェームズが抱き止めるのが見えて立ち止まった。ほっとしたのもつかのま、ジェームズがなかなか彼女を放そうとしないのを見て嫉妬が燃えあがる。にらんでいても、ジェームズはちっとも動かない。マッケイドが歯を食いしばりながら一〇まで数えたところで、弁護士はようやくうしろにさがった。けれども彼女から完全に手を離したわけではなく、肩から腕へとすっと撫でおろす。

ふたりの会話を聞きたくて焦燥感に駆られつつ、マッケイドはサンディを見守った。最初はこわばった様子で自分の体を抱きしめていた彼女が、やがてジェームズに何か話しながら美しい笑みを見せた。するとマッケイドは胃をギュッとつかまれたような気がした。サンディはボディランゲージに関してはまだまだだが、あれほど甘い笑みを向けられて抵抗できる男がいるはずがない。とにかく自分には無理だ。

ますます肩に力の入ったサンディが、両手をサファリショーツの前ポケットに突っ込む。しかもわずかにあとずさりしたので、ジェームズの手が彼女の腕から落ちた。サンディは前みたいに腕組みこそしていないが、しているも同然だ。離れたところにいるマッケイドにも、彼女が恥ずかしさのあまり緊張して居心地の悪い思いをしているのがありありとわかる。

ジェームズが彼女に何かを渡し、笑みを見せたあと去っていった。

サンディがこちらを見たので、マッケイドはあわてて別のヴァンに機材を積みはじめた。

しばらくののち、彼らはヴァンを連ねてスタジオに戻り、マッケイドは車をおりると駐車場を横切ってサンディのところに向かった。彼女は自分の小さな車にぐったりともたれている。

「おれが運転しようか？」彼は申し出た。

目をつぶったまま、サンディが黙ってキーを差し出す。「あなたが魔法でも使って、わたしを一瞬で車の中に移動させてくれたらいいのに」言い終わると同時に抱きあげられ、彼女はあえいだ。

「マッケイド！」助手席側へと運ばれながら、サンディが抗議する。マッケイドは彼女を抱いたまま難なくドアを開け、そっと座席の上におろした。

「魔法は使わなかったが効果は同じだ」彼女にシートベルトを装着しながら言う。

開いたままの車のドアと座席の背に手をかけて、彼はサンディをのぞき込んだ。

「わたしを甘やかしすぎよ」彼女が疲れた口調で言った。「これからもこんなふうにやさしく面倒を見られたら、あなたが帰ったあとで禁断症状が出ちゃうわ」

「帰らないと言ったら？」

サンディが急にぱちりと目を開け、体を起こした。「なんですって？」

だが、マッケイドはすでにドアを閉めていた。彼が運転席側に戻ってハンドルの前に座るのを待ち、サンディが質問を浴びせる。「しばらくフェニックスにとどまるつもりなの、クリント？」

マッケイドはギアをバックに入れ、バックミラーを調節した。サンディは重要だと思う話をするときだけ、彼をクリントと呼ぶ。母親が死んで以来、彼をそう呼ぶのはサンディだけだ。歴代のガールフレンドたちにさえ、彼は〝マッケイド〟としか呼ばせなかった。クリントと呼ばれると、一二歳だった頃の自分がよみがえって無防備な気分になるのだ。母親とともに父親に捨てられ、街の貧しい地区にある狭い地下の部屋に引っ越さなければならなくなったことに腹を立てて、新しい学校で怒りに満ちた孤独な顔をしていた頃の自分が。

その荒れたアパートに翌年の九月に引っ越してきたのがサンディだった。彼をマッケイドと呼びはじめたのも彼女だ。彼女に街で生き抜くすべに長《た》けた英雄のように仰ぎ見られたマッケイドは、その期待を裏切らない行動をするようになった。崇拝者を得て、自分を哀れむ暇がなくなったのだ。ひとつ年下の、やせっぽちでみすぼらしいブロンドの少女。そんなサンディを守る役を、彼は喜んで務めるようになった。本当はそんな必要などなかったのだと、マッケイドは微笑んだ。彼女が八年生の少年に殴りかかっていったときに、それがわかった。マッケイドの父親について当てこすりを言った少年はサンディの倍くらい体が大きかったのに、むこうずねに痣《あざ》をこしらえて鼻血を流すはめになったのだ。少年はそのあと長いあいだ、少女に食らった猛烈な反撃を忘れられなかったことだろう。その一件のあと、マッケイドとサンディの友情はより対等なものとなった。

夕方の街に車を走らせながら、彼はサンディの視線を感じていた。彼女がふたたび尋ねる。

「しばらくフェニックスを拠点にするつもりなの？」

マッケイドは彼女を見て、片方の眉をあげた。「しばらくだって？　ずっといてほしくないのか？」

「あなたは一箇所に腰を落ち着けるタイプじゃないもの」サンディはスニーカーを脱ぎ、クーラーのきいた車内に熱を発散させるようにつま先を動かした。「少なくともこの一〇年間、あなた自身がそう言いつづけてきたのよ」

「気持ちが変わったのかも」

かすれた低音の答えを聞いて、彼女はまじまじとマッケイドを見つめた。彼は前方に伸びる道路から一瞬視線をそらして、サンディと目を合わせた。けれどもその一瞬で、彼女はマッケイドの目にいつもとは違うものを見て取った。絶望に彩られた悲しみを。今回フェニックスに来るまで、彼はそんな感情を見せたことはなかった。

サンディは彼の腕にそっと手をのせた。「もしかして、すごく悩んでいることがあるんじゃない？　助けになれるかもしれないから、話して」

マッケイドは赤信号で止まっている長い列のうしろでブレーキを踏んだ。腕を動かして彼女の手を滑り落とし、返した手で受け止めてやさしく指を絡める。「大丈夫だよ」それが嘘ではないことを祈りながら応えた。

「あなたのためならなんでもするって、わかっているでしょう？　言ってくれさえすればいいのよ」

マッケイドは微笑むと、持ちあげた彼女の手に軽く唇をつけて離した。「きみが機材用のヴァンから優雅に飛びおりるところを見た」

「話を変えようとしてる」

「鋭いな」

サンディは押し黙った。彼はいつから隠しごとをするようになったのだろう？

「あれはわざとやったのか？」

なんのことかわからずにマッケイドを見た。「えっ？」

「ヴァンから落ちたのは作戦だったのか？」

「ええ、わざと自分が間抜けに見えるようにふるまったのよ」彼女は皮肉をこめて言い返した。「ああいうのは男性にすごく効果があるんだってわかったわ」

「おれにも効果があるぞ」

にやにやしている彼に、サンディもいつの間にか笑い返していた。「ふうん、よおく覚えておくわ」

マッケイドが相手だと、こういう会話がスラスラできるのはなぜなのだろう？　こんな思わせぶりなせりふは、ジェームズには絶対に言えない。たぶん、マッケイドは安全な相手だとわかっているからだ。サンディがこんなことを言っても、彼なら本気にしない。マッケイドが思わせぶりな行動を取っても、彼女が本気にしないのと同じだ。

「ヴァンデンバーグに何をもらったんだ？」彼がきいた。

「やっぱり見てたのね。そうだと思った」サンディは目を細めた。「ボディランゲージはどうだった？」

「まだまだだな」マッケイドが容赦なく批評する。

「最初はうまくいってると思ったのよ」彼女は言い訳した。「ジェームズがあんなふうに抱きしめてきたから、一瞬デートに誘われるかと思ったの。今夜、サイモン・ハーコートが入っているカントリークラブでパーティーがあるっていうから。それなのに彼は地図をくれただけで、パートナーと一緒にどうぞって」ため息をつく。

「やつに渡されたのはそれか？　クラブの地図？」

サンディはうなずいた。「そう」

「おれの解釈を聞きたいか？」マッケイドがきいた。彼女はうなずいて先を待った。「ヴァンデンバーグはきみをそのパーティーに誘おうとした。でもきみがあとずさりしたものだから、誘うのをやめたんだ」

「あとずさりした？」

「ああ」マッケイドはコンドミニアムの駐車場に車を入れ、サンディに割り当てられたスペースに慎重に車を止めた。エンジンを切り、キーを差し出す。「今回は両手をポケットに突っ込んだり、そそくさと二歩さがったりしたのがよくなかった。それでやつは拒否されたと受け取って、赤い血の流れるノーマルなアメリカ人男性として、断られる屈辱を回避することにしたんだ。きみに責める資格はないな」

「わたし、そんなことしてた？」彼女はキーを受け取ると、意気消沈して座席に沈み込んだ。「人づきあいが本当になってないのね。ボディランゲージをまるで理解していないんだわ。救いようがないレベル」

「いや、そんなことはない」マッケイドが狭い車内から長い脚を外に出して立ちあがり、助手席側にまわってドアを開ける。

サンディは急いで目をそらしたが、涙がたまっているのを見られてしまった。

「なんてこった、きみは本気なんだな」彼がかがみ込んで、目の高さを合わせる。「大丈夫だ、サンディ。ボディランゲージはいまからでも学べる。ほかのことと同じで、身につけるのに練習が必要なだけだ」

「練習？」

「そう」巻き毛が無造作に絡みあったマッケイドの頭から髪がひと房、額にこぼれ落ちている様子が魅力的だ。体を支えている腕の筋肉に力が入り、たくましい上腕がシャツの袖口を押し広げているさまも。「さあ、部屋に戻ってシャワーを浴びるんだ。それから着替えて、カントリークラブのパーティーに繰り出そう」

「そんなパーティー、あなたは嫌いでしょう？」

「まあ、死ぬわけじゃない。きみの練習のために、人がいる場所へ行く必要があるからな」

「練習には相手も必要なんじゃない？　ジェームズがその役目を喜んで引き受けてくれるとは思えないけど」

「ジェームズは必要ない」マッケイドは言った。「おれが引き受けるよ」

カントリークラブのロビーの大理石の床に当たって、サンディのハイヒールがカツカツと音を立てる。彼女はパーティーが行われているボールルームの入り口で足を止めた。

中には少なくとも二〇〇人ほどいそうだが、あまりにも広くて混んでいる印象はない。人々は小さなグループになって、立ったまま談笑したり、ダンスフロアの縁に置かれたテーブルのまわりに座ったりしている。三人組のバンドが音楽を奏でていた。

男性はみなタキシードで、女性は土曜日に〈ポイント〉で開かれた資金集めのパーティーのときと同じようなドレスをまとっている。あのとき、とんでもなく目立つクジャクの羽根のドレスを着ていた女性もいた。今夜はキラキラ輝くブルーのフリンジを体じゅうにまとっていて、動くたびにそれが揺れて光を反射している。

マッケイドがサンディをエスコートして、ボールルームへと入っていく。正面の壁に額縁に入った大きな鏡があり、彼女はそこに映った自分たちの姿を見て噴き出しそうになった。

ブランドもののタキシードを完璧に着こなしたマッケイドは、どこからどう見ても裕福な上流階級の男性だ。薄暗い照明の下でつややかに輝く茶色い髪は、ムースで立たせて額を出し、うしろに流している。波打つ豊かな髪は日に焼けて明るい色の筋が入っており、まるで指を通してくれと誘っているかのようだ。両端のあがった魅力的な唇は、鏡の中で彼女と目が合うとますますあがった。

「自分の姿を見てみろよ。この世のものとは思えないほどきれいだ」マッケイドがささやく。

本当にそうだった。彼が選んだ黒いベルベットのスリップドレスに身を包んだ姿は、サンディ・カークではなく別の女性みたいだ。スパゲティほどのごく細い黒の肩ひもで日に焼けたなめらかな肩から吊ったドレスは、胸の谷間がのぞくほどネックラインが深くくれていて、ブラをつけていないことを意識してしまう。でも鏡の中からサンディを見つめ返している女性には、ブラなど必要ない。背中に流れ落ちる豊かなブロンドのカール。ごく薄い黒のストッキングに包まれた、ほっそりとした脚。彼女をこの部屋にいるほぼすべての女性と大部分の男性よりも長身に見せている、高くとがったヒール。この自信に満ちた美しい女性にはベルベットが透けるはずはないとわかっており、ブラなしでも胸は適切に覆われていると一〇〇パーセント安心していられるのだ。それにこのドレスは背中側も深くくれていて、見えないようにつけられるブラはこの世に存在しないのだと、サンディは一瞬顔をしかめて考えた。

マッケイドの言うとおり、この世のものとは思えないくらい美しい。けれど、それは彼女だけではない。マッケイドとふたりで立っている姿が美しいのだ。

気心の知れた彼とだからこそ、可能なのだろう。友だち同士だからリラックスして、いつもどおりでいられる。それがふたりのボディランゲージに表れているのだ。そう、ボディランゲージに。彼女はふたたび顔をしかめた。

「パーティーに来たのはいいけど、これからどうするの?」

「まずは何か飲もう。何がいい? 取ってくるよ」

「ひとりになるのはいや」サンディは彼の腕にかけた手に力をこめた。「あなたがバーに行くなら、わたしも行くわ」

「この部屋で一番きれいな女性に、離れたくないと言われるとはね」マッケイドは微笑んだ。

「こっちに異論はない」

「そういうせりふは考えてから口にしたほうがいいわよ。わたしが信じたらどうするの？」

彼が探るような目を向けてくる。「信じたらいけないのか？」

目を合わせられなくて、サンディは顔をそむけた。怖かったのだ。でも、何が怖いのだろう？　マッケイドではなく自分自身が。うっかり気持ちを見せてしまうのが、彼の唇から目を離せなくなるのが怖い。ボディランゲージに精通しているマッケイドは、彼女がキスをしてもらいたがっていると確実に見抜くはず。サンディはいま、彼にキスしてほしくてたまらない。最近はどうしてこんなふうに気持ちが暴走しそうになるの？　まったく理解できない。

彼女はマッケイドのカウボーイブーツの先に視線を据えた。「ところで、飲み物を取りに行くんじゃなかったの？」

欲求不満のため息をついて、彼はバーに向かった。そこでビールにするかソーダにしておくか迷った。カフェインとアルコールのどちらが早く頭を冷やしてくれるだろう？　彼は結局ビールに決めた。飲みすぎさえしなければ、少しは明るい気分になれるはずだ。ただし、飲みすぎたら最悪。サンディの脚に向かって吐き、許してくれと懇願するはめになる。

「きみはワインかな?」長いカウンターの前に次々と人が押し寄せるので、マッケイドは彼女に顔を寄せてきいた。いつもは嫌いな人込みが、いまはうれしい。サンディがいやおうもなく身を寄せてくるので、その体から漂うかぐわしい香りを吸い込める。彼女は本当にいいにおいがする。香水はいつもつけないが、シャンプーと石けんに彼女独特の麝香《じゃこう》のような香りが混じって、どんな香水よりも彼をうっとりさせる。

サンディが近くにいると、体が勝手に反応してしまうのだ。彼女が欲しい。いますぐに。誰もいないクロークルームにでも引っ張り込んで、鍵を閉めれば——。

「何にします?」バーテンダーがきいた。

「ビールをお願い」サンディが注文する。「いいわよね、マッケイド? 輸入ものの瓶ビールを二本」

瓶の栓を開けて背の高いV字形のグラスに注いだバーテンダーに、彼女は笑みを向けた。グラスを受け取ってひとつをマッケイドに渡し、自分のグラスを小さく掲げる。

「ボディランゲージに乾杯」

グラスをカチンと合わせると、ふたりは泡立ったビールを長々と喉に流し込んだ。

「そのボディランゲージのことだが……」マッケイドが彼女を連れて、混雑しているカウンターの前から離れた。「ひとつ提案がある」

彼はグラスを口に運ぶばかりで、なかなか続きを言わない。「何よ?」サンディはしびれを切らして促した。

「おれを求めているふりをするんだ」マッケイドの声は真剣だった。まじまじと見つめる彼女に笑みを作ってみせたが、冗談ではないのは明らかだ。こんなに真剣な彼は見たことがない。

マッケイドに引っ張られていくあいだ、サンディはひと言も発しなかった。彼はガラステーブルのまわりに白い籐《とう》製の椅子が並べられたひとけのない片隅で足を止めると、テーブルの上にふたりのグラスを置いた。

「まず、きみはもっとリラックスする必要がある」そう言われて、彼女は自分が体の前できつく腕組みをしていたことに気づいた。「おれが好きだというふりから始めればいい」

「それについては、ふりなんかする必要はないわ」

「そいつはよかった」マッケイドが微笑み、彼女の両手を取って軽く引っ張る。「じゃあ次に、おれを久しぶりにこの街へやってきた古い友人だと思うんだ。ここには今夜しかいないのに、きみは突然おれを愛していることに気づいた。気持ちを伝えるのに、残された時間は二、三時間だけ。だが、きみは言葉でうまく表現できるタイプじゃない」彼はサンディの手を放して、うしろにさがった。「そういう状況になったら、きみはどうする？」

「ばかげてるわ」彼女は抵抗した。「どうしてそんなふりをしなくちゃならないの？」

「なぜなら、もし通りすがりの男にひとめぼれしたってことにすると、中身を知らないのに人を好きになることの是非についてまず議論するはめになるからさ。それにジェームズや……おれみたいに無慈悲な殺人鬼である可能性がないとわかっている男に対しては、きみもそのことを踏まえた口説き方をするだろうからね」

どうにも落ち着かず、サンディはビールのグラスを取りあげて口に運んだ。「だけどジェームズについては、殺人鬼じゃないと確信できるほどよくは知らないわ」

マッケイドは笑った。「言い逃れをしようとしてるな」

彼女はグラスをのぞき、琥珀《こはく》色の液体から立ちのぼる泡を見つめながら頭を振った。「だけど……わたしはふりをすることも、男性を誘惑することも苦手なの。いまでもヴァージンじゃないのが不思議なくらい。ねえ、いまから修道女を志すのは遅すぎると思う？」

「ああ、遅すぎるね」マッケイドが断言して、大きく息を吸った。「男をどうやって誘惑するか知っている必要はない。きみはただ……誘惑のされ方を知っていればいいんだ」やさしくつけ加える。「信じてくれ。おれを信用しているか？」

彼女はうなずき、ふたたびグラスの中のビールに視線を落とした。

「目を使え。アイコンタクトについて話したのを覚えているだろう？」

サンディはまたうなずいた。

目をあげた彼女に、マッケイドは悲しい表情を作ってみせた。「きみの顔を見ると、おびえているのがわかる。恥ずかしがってもいるね。もっと大胆にならなくちゃだめだ。セックスしたいと思っていると、おれにわからせてほしい」

「だって、思っていないもの」

「好きなら思うはずだよ。おれを見ていろ、サンディ。いや、カサンドラ」

サンディの目の前で、彼のまなざしがやけどしそうなくらい熱い情熱を秘めたものに変わった。マッケイドがゆっくりとなめるように、彼女の体に視線を這わせる。「おれが何を考えているかわかるか？」ふたたび目が合うと、サンディは赤くなった。

「ええ、でも――」先が続けられない。

「でも、なんだ？」

「わたしはあなたよりちょっと古風なんだと思う。そんなふうにスイッチを入れるみたいに突然欲望を感じるなんて、できないもの」

「欲望というより、肉体的に引かれる気持ちと呼ぶほうがいいな。それにおれにとっては、スイッチを入れるとかそういうことじゃない。ふだんは自分のまわりに張りめぐらせている壁をおろして、隠しているものを見せるって感じだ」

サンディは彼を見つめ、言われたことを理解しようとした。「あなたが本当はわたしを魅力的だと思っているなんて、信じろというの？」こわばった声になる。

「きみが信じようと信じまいと、それが真実なんだよ、カーク」マッケイドがいらだちをにじませながら、鋭い声で返した。「おれは前からきみを、ものすごくセクシーだと思っている」

彼女は卑屈な笑いを浮かべて顔をそむけた。「そうでしょうとも」

マッケイドに腕をつかまれて、サンディは持っていたグラスを落としそうになった。「くそっ、サンディ」彼が歯ぎしりをしながら言う。「いつになったら自分を過小評価するのをやめるんだ？　おれはきみに嘘をついたことはない。それなのに、いまになって嘘をつく理由を教えてくれ」

「ごめんなさい、あなたにそんなつもりがないのはわかってるのよ」サンディはちゃんと理解していた。マッケイドは彼女を友だちとして好きなのだ。肉体的に引かれているという点については、彼が女性全般を好きなのは前からわかっている。ただし、彼女を女性と認識しているとは気づかなかった。

サンディはつかまれた腕をそっと引き抜いた。彼とけんかをしたくない。疲れているし、おなかもすいているから早く帰りたいけれど、ボディランゲージのレッスンをちゃんとこなすまで、マッケイドは解放してくれないだろう。彼女はグラスを置いた。

彼を求めているふりなど、する必要はなかった。これまで何度も夢見てきた完璧な世界が、とうとう現実になったと思い込めばいいだけだ。マッケイドを見あげて、ずっと抑えてきた彼への気持ちを怒濤《どとう》のような激しさでさらけ出す。

マッケイドの目にさまざまな感情がよぎった。驚き、懐疑、驚嘆、そして最後に称賛。

さらにほんの一瞬、彼女の情熱に応えるような欲望がのぞく。

「そうだ、それでいい」サンディの視線が体をたどるのに合わせて、彼がすっと息を吸う。

彼女は視線を顔に戻すとドキドキしながら微笑み、手のひらを上に向けて両手を差し出した。「どうだった？」

「さりげないとは言えないが合格だよ。じゃあ、今度はダンスだ」

「なんですって？　どうして？」

「次のステップとして妥当だと思うけどね。きみはいま、一対一のゲームをしたいと目で告げた。だから頭がどうかしているか、よほどの間抜けじゃないかぎり、目の前のきみを腕に抱こうとするのが自然な反応だ。だからダンス。ダンスというのは、堂々と人前で抱きあえる、すばらしいものだからね」

「でも、苦手なの」

「大丈夫さ」彼が微笑む。「だいたい、ダンスそのものが重要なわけじゃない。これはセックスの一部だ。前戯だと考えろ」

サンディは顔が熱くなるのを感じた。「マッケイド、わたし、疲れているし――」

「一曲だけだ。そうしたら帰る。約束するよ」

「約束は守ってもらいますからね」ダンスフロアに連れていかれながら、彼女は警告した。

けれどもマッケイドの力強い腕が体にまわされると、自分が抵抗していた理由がわからなくなった。彼と踊れるなんて、信じられないほどの幸運なのに。まるで天国にいるようだ。マッケイドをじっと見つめると、彼がさらに腕に力をこめ、筋肉のついたかたい体に彼女を引き寄せる。ふたりの体はこれ以上ないくらい密着していた。少なくとも、服を着たままではこれ以上は近づけない。

サンディは背中のV字の切れ込みに置かれたマッケイドの手を意識した。その手がゆっくりと下へ向かう。羽のように軽く、このうえなく官能的なタッチで。

「そうだ」耳に吹きかかる彼の息があたたかい。「〝ステップ四〟を覚えていたんだな」

彼女は驚いたが、自分がマッケイドの首のうしろを愛撫し、やわらかく豊かな髪を指に巻きつけていたことに気づいた。無意識のうちに〝ステップ四〟を実行していたらしい。ごくふつうに組んでいたはずなのに、いつの間にか手が動いていた。意識してではなく自然に。どういうことなのだろう？　もしかしたら、頑張れば自分もボディランゲージを習得できるのかもしれない。

「カサンドラ」彼がやさしく呼びかける。「きみも気づいていると思うが、この部屋にいる男はひとり残らず、おれたちのダンスを見つめている」

マッケイドの手が今度は背中を撫であげ、流れ落ちている髪の下に入り込むのを感じた。彼の手の感触は罪深いほど心地いい。ゾクゾクすると同時に体が熱くなり、頭がぼうっとしてくる。

「そして考えているんだ、おれのことを〝なんて幸運な男なんだ〟って」マッケイドは物憂げに笑った。「彼らは正しい」

曲が終わっても、彼はサンディを放さなかった。

「ヴァンデンバーグも見ているよ」マッケイドの視線は彼女の口元に落ちたまま動かない。

「誰ですって？」弱々しくきき返した。

「ヴァンデンバーグだ」彼が繰り返す。「ジェームズだっけ？」

ジェームズ。「ああ」

「やつにもうちょっと華々しく見せつけてやるってのはどうだ？」マッケイドはささやいた。それはなかなか気のきいた言い訳で、いまの彼には利用できるものをすべて利用する必要があった。どうしてもキスがしたいが、言い訳がなければサンディにキスはできない。「もしかして、こうすればやつもその気になるかもしれない」彼女は身も心も自分のものだと本当はジェームズ・ヴァンデンバーグに思い知らせてやりたいのに、そんなふうに言ってみる。

サンディが緊張した様子で唇をなめると、マッケイドは我慢できなくなった。

彼女の顔にかかっている髪を左手でうしろに払い、身をかがめてやわらかい唇にそっと口を押し当てる。まるで拷問だった。うっとりするほど甘やかな拷問。こんなわずかに触れるだけのささやかなキスでは、とても足りない。胸の中で心臓が激しく打っているのを意識しながら、マッケイドは荒くなりそうな息を懸命に抑えた。

しかしサンディの目を見ると、こらえきれなくなった。「どうするべきかな」ふたたびスローな曲が始まり、まわりの人々が踊りだしたが、彼は無視して言った。「やつは気づいたかな？　だめ押しで、もう一度キスしておいたほうがいいんじゃないか？」

またキスをした。今度は時間をかけ、唇を合わせたまま、なかなか離さない。それでもまだ、やさしく穏やかなキスだ。

「さあ、行こう。一曲踊ったら帰るって約束だから」マッケイドは必死の思いでダンスフロアを離れた。これ以上ダンスを続けたら、またキスせずにはいられなくなる。そんなことになれば、今度こそ気持ちを隠せないだろう。まだそうなる心の準備ができていない。いま、この場でというのは早すぎる。

「カサンドラ・カーク」

マッケイドが目をあげると、出口の手前にジェームズ・ヴァンデンバーグが立ちはだかっていた。誰かひとり男を連れている。彼は心の中で悪態をつき、顔に愛想笑いを張りつけた。

「あら、ジェームズ」サンディはあっという間にガチガチになった。マッケイドの手を放して腕組みをしかけ、途中で気づいて動きを止める。それからそわそわと髪を撫でつけたあと、体の前で両手を軽く握りあわせた。

「来てくれたんだね」ジェームズがあたたかい声で言い、マッケイドに視線を移した。「クリント・マッケイドだったかな?」

「そのとおり」彼は笑みを浮かべ、差し出された手を握った。

「政治家を目指して修業中だから、人の名前は覚えるようにしているんだよ」ジェームズはゆったりと微笑んで言った。「カサンドラ、アーロン・フィールズとは顔見知りかな? 彼は〈チャンネル5〉のニュース番組のプロデューサーなんだが、彼らが撮ったサイモン・ハーコートの過去の映像を使ってもいいと言ってくれたんだ」

マッケイドの目の前で、サンディが自信に欠けた頼りない女性から〈ビデオ・エンタープライズ〉の社長へと、あっという間に変貌した。背まで少し高くなったように見え、謙虚さを保ちつつも冷静で自信に満ちた女性になった。「ミスター・フィールズとは、以前お会いしたことがあるわ」彼女はフィールズにさりげなく冷たい笑みを向けた。手を差し出しもしないので、この男のことが好きではないのは明らかだ。

マッケイドは内心驚いて、アーロン・フィールズを見つめた。世の中には大勢の人間がいるが、サンディが積極的に嫌っている人間はひと握りしかいない。心の広い彼女は一度いやなところを見てもすぐには切り捨てないので、そのひと握りに入るのはよほどのことだ。どうやらこのアーロン・フィールズという男は、そのよほどのことをやってのけたらしい。

フィールズはとくに背が低いわけではないものの、ハイヒールを履いたサンディと並ぶとたっぷり一二センチは低かった。年齢は三〇代だろうが、おなかが出ているのでタキシードがはち切れそうになっている。年齢に伴う代謝の衰えに適応できていないのだ。ブロンドで、顔は最近日焼けしたらしく、かなり赤い。そんな赤ら顔にもかかわらずハンサムだが、チーズバーガーを食べるのをやめてサラダの回数を増やさなければ、いまに見る影もなくなるだろう。すでに顔の肉づきがだいぶよくなっていて、もともと小さな灰色の目がさらに小さく見える。高校時代はきっとプロムキングだったに違いない。もしかしたら、アメフトのスター選手でもあったかもしれない。

サンディをよく知っているマッケイドには、彼女とこの男とのあいだに因縁があることはすぐにわかった。それも深刻な因縁が。

ジェームズだけが、この場に流れる敵意に満ちた空気に気づいていない。テレビ局にある膨大な量の映像からどの部分を使わせてもらうか、フィールズとサンディで検討する場を設けようと、ひとりでしゃべりつづけている。

「秘書に電話してくれないか？」フィールズが言った。「ただし、この先二、三週間はスケジュールがいっぱいなんだ。もちろん夜なら空いているが」

「ビデオテープの目録を作ってからのほうがいいでしょうね。その作業に二、三週間はかかるんじゃないかしら」どうやらサンディは、フィールズと夜に会うのがいやらしい。

「すでに目録は作ってある」フィールズがしてやったりという顔でにやりとする。

サンディがためらっているので、マッケイドはぴんと来た。彼女はこの男とふたりきりになりたくないのだ。「こちらの秘書から、あなたの秘書に連絡させます」サンディはフィールズにすげなく言った。「もしかしたら、あなたの昼間のスケジュールにちょっとした空きがあるかもしれませんし」

「ジェームズ、きみもどんな映像があるか見たいんじゃないか？」マッケイドは割って入った。「きみも参加するほうがいいと思う」

サンディはマッケイドを見た。彼女とジェームズを近づけようとしているのか、それともアーロン・フィールズがどれほどろくでなしか感じ取ったのか、判断がつかない。マッケイドが向けた静かな笑みを見て、彼女の心は重くなった。彼は縁結び役を買って出たに違いない。そもそも、フィールズの人となりを初対面で見抜けるはずがない。彼女だって、フィールズとはじめて会ったときはまるでわからなかった。

つまりマッケイドは、彼女とジェームズを一緒に過ごさせようとしている。それが彼の目的だ。先ほどのキスに何か意味があると信じたがった自分が、サンディは少しばかり間抜けに思えた。ジェームズの注意を引くという以外の理由でマッケイドが彼女にキスすると、一瞬でも考えるなんて。

「そうだな、ぼくとしては夜のほうが都合がいい」ジェームズが答えた。「でもきみが昼間のほうがいいというなら、スケジュールを調整するよ」

サンディは首を横に振った。「あなたはクライアントですもの。あなたの都合にわたしが合わせるわ」

ジェームズがフィールズのほうを見る。「アーロンは厚意でぼくたちに映像を使わせてくれるんだ。彼のスケジュールを優先しよう」

「では、来週の初めはどうだろう」フィールズが提案した。「そうだな、七時半では？　ああ、それからぼくの意見はカサンドラたちとちょっと違う。膨大な量の映像を見るのは退屈な作業だ。きみはぼくと彼女がよさそうな部分を選び出すまで、待ったほうがいいと思うよ――」

「わたしはジェームズにも同席してもらうべきだと思います」

「彼の時間を無駄にすることになる」フィールズが言い返す。

そこで彼女はジェームズに言った。「ジェームズ、わたしと踊ってもらえないかしら」

その唐突な誘いを、ジェームズはまばたきをしただけで受け止めた。マッケイドに目を向け、彼がわずかに肩をすくめるだけなのを確認する。「失礼するよ」ジェームズはフィールズに言い、ダンスフロアへ向かうサンディのあとを追った。

マッケイドはふたりに目を向けられなかった。サンディが自分以外の男と踊るところなど見たくない。それでも見なければならなかった。ふたりから目を離すわけにはいかない。

「きみは彼女をよく知っているのかい？」フィールズが尋ねた。

マッケイドはあいまいな笑みだけ返すと、ジェームズがサンディに腕をまわすのを見守った。いまいましいことに、エレガントなブロンドのサンディと黒髪のハンサムなジェームズはすばらしい組みあわせだ。マッケイドの胃がキリキリと痛みはじめる。

「彼女はとびきりの美人だ」フィールズが続ける。「頭が空っぽのブロンド娘みたいな体をしているのに、コンピューターのような脳みそも持っている。ひどい取りあわせさ。女ってのは子どもと同じだ。観賞するだけにして、おしゃべりなんかしないほうがいい。とくにノーとしか言わないような女とは。ぼくの言っている意味がわかるかな？　ヴァンデンバーグにきかれたら伝えてくれ、ぼくはバーにいると」

マッケイドは思わず噴き出しそうになった。アーロン・フィールズがいま披露したのと同じ意見をサンディに聞かせる場面が頭に浮かぶ。彼女はきっとジャパニーズ・ステーキハウスのシェフみたいに、小気味よく彼を切り刻むだろう。だがジェームズとサンディにふたたび目をやると、マッケイドの笑みはすぐに引っ込んだ。

ジェームズはサンディをあまりにも引き寄せすぎているし、彼女のほうはのけぞるようにジェームズを見あげ、妙に熱心に会話をしている。結局、マッケイドは顔をそむけずにはいられなくなった。

「フィールズには、なんていうか……とても失礼な態度を取られたことがあるのよ。そのとき、彼とはもう二度と仕事をしないって誓ったの」サンディはジェームズに聞かせていた。

「本当にぞっとする男。でも、どうやら彼はあなたが必要としているものを持っているみたいね――」

「ほかの局の関係者に当たってみてもいい」ジェームズが提案した。彫りの深い顔が険しい表情になり、さらに端整さを増している。

〈チャンネル5〉が一番いいわ」彼女は首を横に振った。「ベストローカルニュース局賞を七年連続で受賞しているんですもの。いい映像が見つかる可能性が高いわよ」

「きみにいやな思いをしてほしくないんだ」ジェームズの顔は真剣で、サンディに対する気遣いにあふれている。ダンスフロアの照明の下では、黒い目の虹彩と瞳孔を見分けるのはほぼ不可能だ。ジェームズの目を見つめているうちに、彼女の怒りはおさまっていった。

「彼と会うときにあなたも同席してくれるのなら大丈夫よ。彼がひどい態度を取るのは、ふたりきりになったときだけだから」

「必ず行くよ」ジェームズは即座に返し、彼女にまわした腕にほんの少し力をこめた。彼の体は筋肉質で引きしまっているけれど、なぜかマッケイドほどの力強さは感じられない。

「当てにしてくれていい」

サンディはにっこりした。「つま先を金属で補強したブーツを履いて、催涙ガスの缶と小型の拳銃をハンドバッグに忍ばせていくわ。もしものときのために」

「つま先を補強したブーツだって？」彼が眉をあげる。

「ええ、そう」

「そいつは痛そうだ」

「でしょうね」

ジェームズが面白がるように目をきらめかせて微笑んだ。彼もさっきのマッケイドと同じように、サンディの背中のむき出しになっている部分に手を置いているが、何かが違う。同じことをされているのにどうしてなのか、不思議でならない。

「クリント・マッケイドとはいつからつきあっているんだい？」

彼女はジェームズを見あげた。「つきあってないわ」

彼がいぶかしげな顔をしたので説明を加える。「クリントとは、ただの友だちなの」

ジェームズがゆっくりとうなずいた。「彼もそのことはわかっているのかな？」

サンディは笑った。「もちろん」

納得していない様子で、彼がふたたびうなずく。

「正直に言って——」しばらく沈黙したあと、ジェームズが口を開いた。「きみにダンスに誘われて驚いたよ。あの状況ではずいぶん唐突に思えたからね」

「ごめんなさい」笑いながら応えた。「フィールズとのことは明日電話で相談するべきだったんでしょうけど、ダンスならこっそり打ちあわせするのにぴったりだと思ったの」

彼はサンディの肌に指先を軽く当てながら、背中をすっと撫でおろした。「こんなにすてきな打ちあわせははじめてだよ。次の打ちあわせもセッティングしてもらえるかな?」

サンディは彼を見あげた。ジェームズ・ヴァンデンバーグが彼女とまた会いたがっている。それに彼はいま、マッケイドが実演してみせたのとそっくりなやり方でサンディに触れている。まるで誘惑するように。それなのに、どうして自分の体は欲望に燃えあがっていないのだろう?

曲が終わったので、彼女はジェームズの腕の中からそっと離れた。

「今度、夕食でもどうだい?」彼が尋ねる。

「電話してもらえる?」ふたりしてマッケイドのほうへ戻りながら、サンディは答えた。

「そうさせてもらうよ、必ず」

ジェームズはあたたかい笑みを浮かべて彼女をじっと見つめると、マッケイドにも挨拶をして去っていった。

駐車係が車を取りに行っているあいだ、マッケイドはダンスフロアでジェームズがサンディに腕をまわしていた様子を、黙ったまま思い出していた。

これからどうすればいいのだろう?　ジェームズが彼女をかっさらっていくのを、指をくわえて見ていることなどできない。だが、彼はサンディがずっと夢見ていた理想の男そのものだ。そしてマッケイドは……それとはかけ離れている。

夜になって気温がさがったせいか、サンディがぶるりと身を震わせた。彼女が上着を持ってきていないことに気づいて、思わず抱き寄せてしまう。するとサンディは彼の胸に身を寄せ、上着の下のウエストに腕をまわした。

暗い駐車場にサンディのジオが現れたが、キャデラックやリンカーンのタウンカーといった高級車ばかりの中で、かえって目立っている。

マッケイドは上着を脱いで彼女の肩にかけた。そして助手席側のドアを開けようと取っ手に手をかけたところで、ジェームズ・ヴァンデンバーグが若い駐車係と話しているのが目に入った。

ジェームズがちらりとこちらを見た様子から、あの男がサンディを女としてじゅうぶん認識したことは明らかだった。今晩、やつはきっと彼女の夢を見るだろう。

そう思うと、マッケイドは頭に血がのぼった。

車のドアを開ける代わりにサンディを乱暴に引き寄せ、彼女の目に驚きが浮かぶのを見つめながら唇を押しつける。彼女とふたたびキスができた喜びに、マッケイドは体が震えた。しかも今度のキスは、先ほどのダンスフロアでのキスとはまるで違う。マッケイドは彼女の口の中を味わいたくて、勢いのままに舌を差し入れた。サンディの舌を感じたとたん、熱い欲望の波にさらわれて歓喜の渦に巻き込まれる。ふわふわと金色に輝く豊かな髪に手をうずめて彼女をさらに引き寄せ、ほっそりとした体の感触を味わった。自分が低くうめくのが聞こえて、その切迫した響きに驚く。彼は呆然として、荒く息をつきながら身を引いた。

サンディの目を見ると、彼女もショックを受けているのがわかる。「マッケイド、いったいどういう……」

もしクリントと呼ばれていたら、愛していると打ち明けただろう。けれどもそうではなかったので、彼はしゃがれた荒々しい声でただこう言った。「ヴァンデンバーグが見ている」そしてサンディを車に乗り込ませると、しっかりドアを閉めた。

運転席側にまわりながら、こちらを凝視している黒髪の男とにこりともせずに目を合わせる。ジェームズがそんなものにひるむタイプではないとわかっていても、警告の視線を送らずにはいられなかった。

駐車係がエンジンをかけておいてくれた車に乗り、長い脚を狭い車内に注意深くおさめると、サンディが目を大きく見開いたままマッケイドを見つめていた。彼女のほうを見ないようにして車を発進させる。

一方、サンディは短いが激しいキスを思い出しながら無言で座っていた。あんなふうにマッケイドにキスされたいとずっと願い、何度も想像した場面なのに、現実のキスは想像をはるかに超えていた。まだ頭は真っ白で、膝には力が入らない。アドレナリンが全身を駆けめぐっている。燃え盛る炎のような熱さと氷を当てられたようなゾクゾクする感覚が、まだ体の中に残っていて――。

ジェームズとのダンスではこんなふうに感じなかった。彼とのあいだには、サンディを翻弄する熱い興奮が欠けていた。ジェームズに触れられても、背筋に震えが走ったりしなかった。微笑まれてもクラクラせず、体内で何かが熱く溶けていく感じがしたり、心臓が激しく打ちはじめたりもしなかった。

マッケイドに触れられたときとは違って。

まずいことになった。本当に。

自分はジェームズに恋してなどいない。クリント・マッケイドに夢中なのだ。

6

マッケイドは黙って運転していたが、サンディに沈黙を破る気配はなく、居心地の悪さは増すばかりだった。彼女は重苦しい表情で、フロントガラス越しにぼんやりと前を見つめている。ちらっと目を向けただけで、彼女が深い物思いに沈んでいるのがわかった。あんなふうにキスするべきじゃなかった。

サンディは彼の気持ちを知って、どうすれば傷つけないように断れるか考えているのだろう。

謝ったほうがいいのかもしれない。いや、そんなことをしても嘘になるだけだ。同じことを何度でもしたいと思っているのだから。チャンスがあれば、絶対に逃すつもりはない。でも謝らなければ、そもそも次なんてないのかもしれないが……。

「サンディ」マッケイドは咳払いをした。視線は前に向けたままだったが、彼女が振り向いて見つめるのがわかった。「おれが……」言葉を切って言い直す。「ちょっとやりすぎちゃったかな」

「そうね、かなり真に迫ってたわ」

「悪かった」そう言って、嘘をついた自分に頭の中で蹴りを入れる。本当は悪かったなんて思っていない。ほんの少しも。

「マッケイド――」〝あなたとは友だちでいたい〟そう言われるのではないかと、彼は覚悟した。「ねえ、ピザでも食べていかない？　おなかがペコペコなのよ」

予想していた言葉とあまりにもかけ離れていて、一瞬何を言われたのかわからなかった。ピザが食べたいというのだから、サンディは怒っているのではなく空腹なのだろう。つまり自分は謝ったし、彼女はもう気にしていないのだ。

ほっとすればいいのか、がっかりすればいいのか、マッケイドは複雑な心境だった。


臆病者。サンディは歯を磨きながら、バスルームの鏡に映る自分を見つめた。

マッケイドはリビングルームでソファに寝そべって、コメディアンのジョン・スチュワートの番組を見ている。タキシードは脱ぎ、グレイのショートパンツをはいただけの格好だ。

彼はあんなふうにキスしたことを謝ったけれど、ふたりのあいだに生まれた性的な緊張感は消えず、目が合うたび空気中にビリビリしたものが走る。

だからといって、それが何かにつながるわけではない。サンディはメイクを洗い流して保湿用の化粧水をつけながら、そう自分に言い聞かせた。マッケイドが彼女に望むのは、せいぜいちょっとした火遊びくらいのもの。彼はサンディとの友情を、そんな一時的な関係のために危険にさらすようなまねはしない。マッケイドが誰かを愛したり、結婚したりすることはないのだ。彼自身から、数えきれないほど何度もそう聞いている。

サンディはため息をつき、マッケイドと火遊びなんかしたくないと思い込もうとした。彼女が求めているのは長く安定した関係だ。そして彼とそんな関係を保つためには友だちでいるしかないのなら、このまま友だちでいよう。ただの友だちで。

でもそう思っているのなら、どうしていまバスローブの下に、黒いシルクとレースの実用的とはまるで言えない下着をつけているのだろう？　このままリビングルームに行ってテレビを消し、彼の前でバスローブをはらりと床に落としたいという衝動に駆られているのはなぜ？　結果を考えず、身を投げ出したいという衝動に。

彼女は目をつぶり、マッケイドがさっきどんなふうにキスをしたか思い浮かべた。ああ、あの続きがしたい。

彼と過ごす夜は支払うことになる対価に値するだろうか？　けれどマッケイドのいない人生なんて耐えられない。一度愛を交わせば、彼は出ていって二度と戻ってこないだろう。ああ、でもマッケイドが欲しい。彼を愛している。

サンディはバスルームのドアを開け、のろのろとリビングルームに向かった。

マッケイドが顔をあげ、テレビのリモコンの消音ボタンを押す。「もう寝るのか？」

「ええ」サンディは背を向けた。無理だ。彼を誘惑するなんてできない。「おやすみなさい、マッケイド」

「おやすみ、カーク」寝室に向かうサンディを、彼のやわらかな声が追ってくる。

彼女は臆病者だ。でも怖いのは友情が壊れることではなく、マッケイドに迫って拒絶されることだった。

ドアのベルが鳴ったとき、マッケイドはバスルームにいた。腰にタオルを巻いて玄関に向かう。サンディの部屋のドアはかたく閉じられたままで、今朝はまだ中からなんの音も、動いている気配もしない。

ベルがふたたび鳴る。

マッケイドは玄関に行ってドアを開けた。

するとジェームズ・ヴァンデンバーグが立っていた。

彼はマッケイドと同じくらい驚いていた。

「すまない。先に電話すればよかったな」ジェームズが謝った。ここでマッケイドに会うと思っていなかったのは明らかだ。それも、タオル以外は何も身につけていない彼に。

「そうしてもらったほうがよかったかもしれない。サンディ――カサンドラはまだベッドにいる」彼もさっきまでそこにいたとも受け取れるせりふだが、ジェームズがそう思いたいなら、わざわざ訂正する気はない。

ジェームズは表情を変えまいとしているものの、かたく結んだ唇に気持ちが表れていた。

「きみとはただの友だちだとカサンドラが言ったとき、きみのほうはそう思っていないんじゃないかとぼくはきいたんだ」

「なかなか鋭いな。だが、そういえばきみはハーバード卒だったね」

「ああ、そのとおり。どうやらきみは〝逆スノッブ〟みたいだね。裕福な家の出だったり、高い教育を受けていたりする相手には、即、反感を持つ」

「即、何かをするなんてことはない」マッケイドは感情を交えずに言い、戸枠に寄りかかった。「おれがそういう人間なら、おとなしくここに立って、きみと話してはいない。とっととケツを蹴り飛ばして、車に押し込んでいるさ」

ジェームズの目がキラリと光る。「それはつまり、脅しなのかな？」

「ハーバード出だろ？」マッケイドは嘲るように微笑んだ。「きみならその知性を存分に駆使して、正しい解釈ができるはずだ」

ジェームズはマッケイドの右肩を飾るドラゴンの刺青をじっと見た。「きみは人生に危険と暴力を求めている。そうだろう、マッケイド？　外見はこぎれいに整えられても、内面は簡単に変えられないんじゃないか？」

マッケイドは体を起こして笑ったが、目は冷たいままだった。「ヴァンデンバーグ、きみはおれについて何も知らない。だから――」

「いや、そんなことはない」ジェームズがさえぎる。「サイモン・ハーコートのセキュリティ担当チームが、カサンドラ・カークの会社の関係者すべての経歴を細かく調べあげてチェックした。ぼくもきみについて、知っておくべきことはすべて知っている。高校を卒業しなかったことも――」

「大学入学資格検定に通っている」

「大学に入学するために必要な高校の成績を偽造したからだ」

「つまりきみはこう言いたいのか？」マッケイドは怒鳴りたい衝動を抑え、わざと声を低くした。「より高度な教育を求めたから、おれは犯罪者だと」

「きみは二度、刑務所に入って――」

「一度はデモを取材していたニュースチームの一員だったからだ。そのデモが騒ぎになって、警察が誰彼かまわずやつらのヴァンに放り込んだ」

「パトカーを盗んだ罪でも逮捕されている」

「借りただけさ」冷たく言った。「撮影した映像を、夜のニュースに間に合うようにスタジオまで届けなくちゃならなかった。だがタクシーが見つからなくて、ほかに選択肢がなかったんだ」

「そのせいできみには前科がつき、九〇日間刑務所で過ごすはめになった」

「おかげでエミー賞が取れたよ」

「そうかもしれない。しかしきみの女性の扱い方は、とても賞が取れるようなものじゃないな」

マッケイドはジェームズをにらんだ。「ハーコートはおれのプライベートな生活まで調べたのか？」

「一番長く続いたのはチャードン・ブレイクリーで、五カ月と一七日。しかもこれだけ長く続いた理由は、きみが五カ月のうちの三カ月は海外に出ていたからだ」

「まったく、信じられない――」

「きみが過去一〇年間で一箇所にもっとも長くとどまったのは、アラスカで六カ月、映画の撮影をしていたときだ」

「旅が好きなんだよ。悪いか？」

「だからぼくは、ただ待っていればいい」ジェームズは続けた。「遅かれ早かれ、きみはカサンドラの前から消えるだろう。ぼくは早いほうに賭けるね」

怒りにわれを忘れないために、マッケイドはありったけの自制心を動員しなければならなかった。「何をしに来た？」

ジェームズが数本のビデオテープを持ちあげてみせる。「これを渡したくて来たんだ。カサンドラのオフィスまで行くより、ここに来るほうが早いんでね」

「そんなばかげた言い訳は聞いたことがない」いやみをこめて、愛想のいい声を出した。

するとジェームズが笑いだしたので、マッケイドは驚いた。「そのとおり。もちろん言い訳さ。カサンドラに会いたくて来たんだ。当然、きみは気づいているだろうが」彼がビデオテープを差し出す。「彼女にちゃんと渡しておいてくれるかい？」

「ああ」マッケイドはそれを受け取った。

「約束した夕食デートに出かけられるようになったら、いつでも電話してほしいとも伝えておいてくれないかな」マッケイドが険しい表情になるのを見て、ジェームズはまた笑った。「やっぱりいい。これは自分で言うよ」

マッケイドは相手の鼻先でドアをピシャリと閉めてやりたかったが、なんとか我慢した。そっとドアを閉め、玄関横のテーブルの上にビデオテープを置く。しばらくそこに立って、閉ざされたままのサンディの部屋のドアを見つめた。

罪悪感がわきあがり、息ができないほど大きくなる。サンディの言うとおり彼女とはただの友だちだと、なぜあの男に言わなかったのだろう？　真実を伝えるべきだったのに。なぜなら自分はそんな事実を望んでいないからだ。ただの友人ではなくサンディの恋人、いや、夫になりたい。そして少なくともいま、ジェームズ・ヴァンデンバーグの目には、マッケイドのほうがそういう立場にずっと近い存在として映っている。

しかし、サンディはジェームズが好きなのだ。あの男を求めている。そしてマッケイドは彼女を助けると約束したのに、正反対の行動を取ってしまった。

ジェームズが言ったことは正しいのではないかという疑念が、ふつふつとわいてくる。自分はサンディにふさわしくないのではないだろうか？　たしかに順調に成功している望ましい男には見える――袖のある服を着て、刺青を隠していれば。だがその服の下には、以前のままのマッケイドがいる。金を稼いでも、彼は変わらなかった。悪いほうにも、いいほうにも。

彼は仕事用の服に着替えた。ダークグリーンのタック入りのパンツと、オフホワイトのポロシャツ。どちらもタキシードを買いに行ったときにサンディが選んでくれたものだ。その姿でバスルームの鏡をのぞくと、自分で自分だとわからないくらいだった。タキシードを別にすれば、ジーンズとTシャツ以外のものを着るのは何年ぶりだろう。手持ちの服の中で一番高級なのは、寒い日や夜にハーレーに乗るときに着る革のパンツだ。それを高級と呼べるのかはわからないが。

いま鏡の中に見えるマッケイドは、どこにでもいるアッパーミドルクラスの男だった。人は愛のためなら、信じられないくらいばかなまねをする。一時的に着る服を変えるくらいのことは、まだまだ正気の範囲内だ。

マッケイドはため息をついた。訪ねてきたジェームズに彼がいるのを見られたと知ったら、サンディは怒るだろう。マッケイドがここにいる理由についてジェームズが抱いた間違った印象を訂正しようとしなかったと知ったら、なおさらだ。サンディは怒り狂うだろうが、受け止めるしかない。なぜなら彼女には正直に話すつもりだからだ。

そうしなければ罪悪感に押しつぶされてしまう。

七時半になりマッケイドが朝食を終えても、サンディはまだ起きてこなかった。今日は朝早くにミーティングがあると、彼女が言っていた気がする。もう起こさないと遅刻だ。

サンディの部屋の前に行って、ドアを静かに叩いた。なんの音もしない。少し強めに叩いて耳を澄ます。

やはり音がしない。

ドアに鍵がかかっていなかったので、ゆっくりと開けた。ブラインドで光がさえぎられた部屋は暗く、目が慣れるのを待ってベッドに向かう。

サンディはくしゃくしゃになったシーツの真ん中で、うつぶせになって熟睡していた。

「サンディ、起きろ」声をかけてもピクリともしない。

マッケイドは身を乗り出して、彼女の肩にそっと触れた。「おい、サンディ」声を大きくすると彼女が目を開けた。「目覚ましが鳴らなかったみたいだぞ」

サンディが頭をあげて、ベッドサイドにある時計に目をやった。「ああ、もう」時刻を見て毒づく。「どうしよう、八時からミーティングがあるのに！」彼女はシーツをつかんで胸を覆うと、そのままベッドを出てバスルームに走った。

「マッケイド！」シャワーの音に負けないようにサンディが叫ぶ。「時間がないの。着るものを選んでくれない？」

マッケイドはクローゼットを開けて、ぶらさがっている服に目を走らせた。どれがいいだろう？　彼がサンディのためにカタログで注文した、花柄のサンドレスが目に留まった。昨日、彼女と帰宅したら戸口に届いていたものだ。

このノースリーブのサンドレスを着たら、彼女は天使みたいに見えるだろう。

マッケイドはほとんど男性的とも言えるシルエットの、味もそっけもない濃紺のスカートとジャケットに手を伸ばした。サンディを天使みたいに見せる意味はない。今日は撮ったばかりの映像を、あとでハーコートに――つまりジェームズ・ヴァンデンバーグのいるオフィスに届ける予定なのだ。

選んだ服をベッドの上に置くと、サンディがバスルームから出てきた。体にタオルを巻き、髪からはポタポタと水を垂らしている。

「マッケイド、今日の午後は気温が四五度を超えるのよ。本気じゃないわよね？　長袖なんか着るつもりはないから」彼女はマッケイドが選んだ服を却下し、クローゼットから昨日届いたサンドレスを出した。「それに今日はきれいな服を着たいの」

サンディは彼を部屋から押し出した。

「なぜ?」

なぜ? ドアを閉めかけていた彼女はマッケイドを見あげた。それは彼に見てもらいたいからだ。点々と床に落ちた水滴を見つめる。「今夜はジェームズに夕食へ誘われると思うから」

「じつは、きみに言わなければならないことがあるんだ」

「いまは無理よ」サンディはドアを閉め、急いで着替えた。ドアを開けると、マッケイドはまだそこに立っていた。バスルームの入り口までついてきて、鏡の前でメイクをする彼女をじっと見つめる。

「なあ、カーク、どうしても話さなくちゃならないんだ。言いにくいんだけど……」

視線をあげて、鏡越しに彼と目を合わせる。「何を壊したの、マッケイド? わたしのお気に入りのマグカップ?」

「それならいいんだが」

「おばあちゃんのティーポット?」

「いや、違う——」

「まさか廊下の鏡じゃないでしょうね?」サンディは唇を横に引いて口紅を塗り、こすりあわせて仕上がりを厳しい目でチェックした。「鏡を壊すと悪運が七年も続くって——」

「何も壊しちゃいない。あることをしてしまったんだ」マッケイドは横をすり抜けていく彼女に言い、あとを追ってキッチンに入った。「いや、しなければならないことをしなかったと言ったほうがいいかな」

サンディが冷蔵庫からリンゴを出してシンクで洗った。それをかじりながらブリーフケースを脇にはさみ、玄関へ向かう。けれども安全チェーンをはずして鍵を開け、外に出ようとしたところで、玄関横のテーブルに置いてあるビデオテープに気づいた。それを取りあげてリンゴを口からはずし、マッケイドに向き直る。「これは何？」

「だから、そのことについて話そうとしていたんだよ」うしろめたそうに笑みを浮かべる。「じつは……今朝早くヴァンデンバーグが来て、それを置いていった。きみがまだ眠っているときに」

彼女はリンゴをかじり、考え込みながらテープを見つめている。それからうなずくと、ブリーフケースをテーブルに置き、テープを中に滑り込ませた。「つまりジェームズ・ヴァンデンバーグが来たと。今朝、わたしが寝ているあいだに」マッケイドを見あげて確認する。

今度は彼がうなずく番だった。「そうだ」

サンディはくすくす笑いだしたい衝動に駆られた。状況は悪化するばかりなのに、なぜか笑いたくてたまらない。「そしてあなたがドアを開けた」

それは質問ではなかったが、彼は答えた。「ああ」

あとじゃない」

「シャワーを浴びる前？　それともあと？」

マッケイドはブーツの傷だらけのつま先を見つめた。「ええと、あとだ。でも、そんなにあとじゃない」

「ピンクのバスローブを着ていたんでしょう」

彼は首を横に振った。「いや、タオルだけ腰に巻いていた」

ロマンティックコメディの一場面のようなその光景が、サンディの脳裏にありありと浮かんだ。タオルを腰に巻いただけの筋肉質な体と髪を、キラキラと水滴で輝かせたマッケイドの姿が。「つまり、ジェームズはわたしたちが……？」賢明にも、最後まで言わずに言葉を切る。

「そのとおり」

「もう、マッケイドったら」彼女はドアに頭をつけた。「昨日の夜、わたしたちのあいだには何もないってジェームズに言ったばかりなのに」

「ああ、彼もそう言っていた。だが、いまはきみがおれの魅力に屈したと思っている」

サンディは目を閉じた。今朝、ちゃんと起きていれば……。

「悪かったよ」マッケイドが謝った。「ドアを開けたらすぐに、ヴァンデンバーグの誤解を解くべきだった」

「そんなことをしても信じなかったと思うわ。あなたみたいな男性が女性の家で何もせずに夜を過ごしたなんて、誰も信じないでしょうから。まさかおとなしくソファで寝ていたなんて」サンディは大きく息を吸うと、長々とため息をついた。「仕方がないわね。ジェームズとは結ばれない運命だったのよ」

目をあげると、マッケイドが奇妙な表情で見つめていた。運命は皮肉だ。彼とつきあっていると思われたせいで、ジェームズ・ヴァンデンバーグとうまくいくチャンスを失ってしまったなんて。彼女が本当に求めているのはマッケイドであり、ジェームズではないというのに。

人生は簡単にはいかないものだ。どうしてマッケイドは、自分と彼女は完璧な組みあわせだと気づいてくれないのだろう？　彼が突然真実を悟ってサンディを抱き寄せ、どんなに愛しているか切々と語ってくれないのはなぜ？

それはマッケイドが彼女を愛していないからだ。この先もそうなることはない。

サンディの目に涙がわきあがるのを見て、彼は胸が締めつけられた。彼女は心の底からショックを受けている。あのジェームズ・ヴァンデンバーグを本当に好きなのだ。「なあ」気がつくと口を開いていた。「そんなに悲観するなよ。おれたちが……別れればいいんだ」

サンディが、頭がどうかしたのかという顔で彼を見る。「なんですって？」

「ヴァンデンバーグは本当にきみが好きらしい。今朝、はっきりそう言っていた。だからきみはいまの仕事が終わるまで、ほんの二、三週間だけ、おれとつきあっているふりをすればいい。そのあとけんかをして別れる」

話しているうちに、マッケイドはだんだんそれがいい考えに思えてきた。こうすれば数週間はサンディの恋人を演じていられる。じつは彼が演技ではなく本気だったとしても、誰にも関係ない。そうやって時間を稼げば、サンディだってマッケイドにずっとその役を演じていてもらいたいと思うようになるかもしれない。しかも本当の恋人として。

「おれが悪者になるようにシナリオを作る。おれがきみを捨てるんだ。思わせぶりな態度を取ったあげく——」

「わたしたちがつきあってるというふりをするの?」サンディは誤解がないように確かめた。

「どんなふうに? つまり、つきあってるといっても、いろいろあるでしょう?」

彼はなるべく表情を変えずに答えた。「もちろん、熱々の恋人同士さ」

サンディはかすかに顔をしかめ、目をそらした。熱々の恋人同士というのは、どうふるまうものなのだろう? 男性と最後にそんな関係を結んでから、ずいぶん経っている。いまでも恋人たちは歩くときに手をつないだり、互いの体に腕をまわしたりするのだろうか? 会えばキスをして、別れるときもキスをするの?

これから数週間マッケイドとしょっちゅうキスをする生活になるのだと思うと、サンディは顔が熱くなった。おそらく数日で頭の中がぐちゃぐちゃになり、一週間も経つ頃には彼に身を投げ出しているだろう。そんなことになったら絶対に困る。

「うまくいきっこないわ」彼女は抵抗を試みながら玄関を出た。

少しあいだを空けて、マッケイドもあとを追った。彼は微笑んだ。この計画はきっとうまくいく。

7

「それじゃあ今週末の予定に関しては、みんなこれでいいわね」サンディは会議室のテーブルを見まわした。技術チームのスタッフに囲まれて、ジェームズ・ヴァンデンバーグが座っている。

金曜の夕方に撮影チームがグランド・キャニオンへ向かう。サイモン・ハーコートは国立公園のすぐ外に小さな別荘を持っており、よく家族連れで行ってハイキングを楽しんでいるらしい。そこで〈ビデオ・エンタープライズ〉はこの週末に彼に同行し、その様子を撮影する予定になっている。地元であるアリゾナの自然と親しむハーコートの姿を撮れば、彼の人となりを伝えるすばらしい映像になるだろう。グランド・キャニオンという雄大な自然を背景に、環境や健康や家族との生活の大切さをさりげなく強調できる。「とにかく、天気がいいといいんだけど」

「ここはアリゾナですよ」フランクが言った。「天気に関しては保証されているようなものです」

サンディが目をあげると、テーブルの向かいからマッケイドが見つめていた。まただ。ミーティングのあいだじゅう、彼は欲望に満ちた視線を向けていた。ここ何日か恋人役を演じているマッケイドは仕事中に触れてきたりはしないものの、いつもこんな目で見ていて、彼女が気づくと笑みを浮かべる。すごくセクシーで物憂い笑みを。それを見るとサンディですら、彼は情熱的に愛しあった夜をこと細かに思い出しているのだと信じてしまいそうになる。

サンディは彼から目をそらして咳払いをした。「土曜と日曜で、必要な映像はすべて撮れるはずよ。だけど一応もっと長く滞在することも想定して、月曜と火曜も空けておいてちょうだい。そうね、水曜まで見ておいたほうがいいんじゃないかしら」にっこりして言葉をやわらげる。「何日か滞在を延ばさなくてはならなくなったとき、予定が入っているなんて文句は聞きたくないから。いい？」

部下たちが口々に了解した旨をつぶやくのを聞きながら、サンディは立ちあがった。

「じゃあ、出発しましょう」すでに九時。地元のショッピングセンターで、一一時にハーコートを撮影することになっている。一同は機材を積んだヴァンへ急いだ。

「やあ」

オフィスでコンピューターに向かっていたサンディは、ドアから顔をのぞかせたマッケイドに笑みを向けた。

「あら。あなたは今日オフよね。どうしてここにいるの?」

彼がドアをさらに開く。いつもどおりジーンズにTシャツという格好で、食べ物の入った茶色い紙袋を抱えていた。「きみに会いたくて、我慢できなくなったんだ」ハスキーな声はことさら大きくはなかったが、秘書はふたりの会話に耳をそばだてているはずだとサンディにはわかっていた。

マッケイドが入り口から振り返り、秘書に呼びかける。「頼みがあるんだ、ローラ。ボスにかかってくる電話を、しばらく取り次がないでくれないか? 昼休みを取るから、邪魔をされたくないんだよ」

ローラがくすくす笑いながらうなずいたのを確認し、マッケイドは中に入ってドアを閉めた。彼が音が立てて鍵を閉めたので、サンディは立ちあがった。「マッケイド――」

「昼食の時間だ」そう宣言して、紙袋の中身を彼女のデスクの上に並べはじめる。

「マッケイド、会社のみんなはわたしたちが熱々の関係だと思っているのよ。昼間から部屋にこもって鍵なんてかけたら、余計にそう思われちゃうじゃない」

「昼食をとるだけだよ」彼は言い返した。チキンサラダの入った容器を開け、フォークでひと口食べる。「うん、これはいける。きみも食べてみろよ――」

「いま頃みんな、賭けでもしているんじゃないかしら。あなたがここを出ていくとき、どれくらい満足そうな笑みを浮かべているかって」サンディは腕組みをした。

「今夜、映画を観に行かないか？」マッケイドは三種の豆をあえたサラダを大きくすくって紙皿に盛り、椅子の背にゆったりともたれて別の椅子に足をのせた。

「無視しないでよ、マッケイド」彼女は怒りの声をあげた。「無視されるのって大嫌い」

彼が床にドサっと足をおろして、デスクの上に身を乗り出した。インターコムのボタンを押して呼びかける。「ローラ？」

「なんでしょう？」金属製のスピーカーのせいで、秘書の声がいつもよりキンキン響いた。

マッケイドはもう一度ボタンを押して、ローラに伝えた。「ここでセックスをしているわけじゃないって、言っておきたかっただけだ。わかってくれたかな？」

サンディは額をピシャリと叩いた。

彼がまたボタンを押す。「返事が欲しいんだが」

「ええ、わかりました」ローラがようやく答えた。

マッケイドがサンディを見あげる。「気分がよくなったかい？」

彼女は思わず噴き出した。「わたしの評判はめちゃくちゃよ」

「どうして？」彼が真剣な顔できく。「きみは本当に働きやすい会社を作りあげたよ、サンディ。気の張らないリラックスした雰囲気で、スタッフはみな仲がいい。きみは彼らに余計な干渉をせず、自由にやらせている。みんなだって、きみに対して同じようにしてくれると思わないのか？」

マッケイドはデスクの上に手を伸ばし、紙皿にチキンサラダとレタスとカット野菜をたっぷり盛りつけた。それを彼女の前に置き、椅子を指さす。「座れよ」

サンディはのろのろと腰をおろした。

「それにみんなが賭けているのは、プロポーズの時期についてだ。おれたちがセックスをするかどうかじゃなく」マッケイドは肩をすくめた。「そいつはもう、当然のことだって思われてるんじゃないかな」

「みんな、わたしたちが結婚すると思っているというの？」

「フランクは自分の賭けている日におれがプロポーズすれば、利益の半分をくれると言ってる」彼はサラダを頬張ったまま説明した。「ひとり一〇ドルずつ出してるから、やっとおれとで二〇〇ドルを山分けだ。今度の土曜から二週間後に結婚を申し込む予定だから、心の準備をしておいてくれ」

「もう、信じられない、マッケイド」サンディはチキンサラダをつつきまわしていたが、とうとうプラスチックのフォークを置いて、彼にしかめっ面を向けた。「あなたにはロマンティックなところがかけらもないのね」

マッケイドはにやりとした。「警告しておこうと思っただけさ」

「じゃあ、あなた、わたしがイエスと答えたらどうするの？」サンディが彼をにらんだ。

「たった一〇〇ドルのために一生を犠牲にして、この先ずっとわたしに縛りつけられてもいいわけ？」

絶好の機会だ、とマッケイドは考えた。彼女に愛していると打ち明けるのはいましかない。けれども言葉がなかなか出てこなくて、咳払いをしてつばをのみ込んだ。紙皿を机の上に置いて口を開く。「ええと、カーク――」

電話が鳴り、サンディが受話器を取った。「カークです」受話器の向こうの声にしばらく耳を傾けたあと、卓上カレンダーをめくる。「いいえ、無理よ。予定が入ってるわ」ふたたび沈黙し、めくったページを戻した。「いまから？」彼女は目をすがめて腕時計を見たあと、名残惜しげに食べ物がのった紙皿に視線を注いだ。それから気が進まない様子で告げる。「じゃあ、いまから行くと伝えてもらえるかしら」

彼女は電話を切った。「アーロン・フィールズの秘書からだったわ。本当は今夜〈チャンネル5〉に行って、ハーコートの映像を選ぶ予定だったのよ。だけどジェームズの都合が悪くなっちゃって、フィールズがいまなら空いてるっていうから、行っているらしいの――」

「つまり、きみはまた昼食をとりそこねてしまうわけだ」マッケイドは彼女が口紅を塗り直すのを見つめた。

「いま行かないと、ジェームズ抜きでフィールズと会わなくちゃならなくなるから」サンディが携帯用の鏡を閉じる。「アーロン・フィールズと二度とふたりきりにならずにすむなら、これから毎日昼食抜きでもかまわないわ」

「どうしてやつが嫌いなのか、教えてもらってないな」

「三年前、彼に夕食に誘われたの」サンディはドアノブに手をかけながら言った。「ばかだからイエスと答えちゃって、彼はそれをひと晩じゅう一緒に過ごしてもいいという意味に受け取ったのよ。そんなことがあったし、あの人って魅力的な性格で、何より言葉の使い方が独特でしょう？　いまではわたしが絶対に避けたい人物トップテンにランクインしてるってわけ」

マッケイドがうなずいた。「いつかもっと時間があるときに、本当は何があったのか教えてくれ」

どうしていま言った以上の事情があると見抜かれたのだろう？　マッケイドに彼女の心が読めないのはわかっている。読めるなら、とっくの昔に彼女の気持ちを知って、逃げ出しているはずだ。

いらだちがふくれあがり、サンディは叫びたくなった。あんな顔でこちらを見るなんて反則だ。彼にすべてを打ち明けないからって、傷ついたような顔をするなんて。自分は最近しょっちゅうつらそうな表情を浮かべる理由を、ちっとも教えてくれないくせに。

「いいわ、そのうちね。急にロサンゼルスからここへ来た理由を、あなたが教えてくれたら」

「もう行ったほうがいい。遅れるぞ」マッケイドが目をそらす。

「どっちにしても、いつかは話してもらいますからね」

マッケイドは顔をあげると、目を合わせて笑みを浮かべた。彼の熱くひたむきな視線に、サンディは思わず息を止めた。

「いつかはそうなるだろうな」彼は同意して話を変えた。「それで、映画を観に行く話はどうする？　今夜の予定がキャンセルになったのなら……」

サンディはためらった。

「きみが決めればいい」マッケイドが挑発するように言う。

彼女は目を細めた。「スプラッターものや銃の撃ちあいばかりの映画を選ばないって、約束する？」

「誓うよ」彼は胸の前で十字を切ってみせた。「だけど残念だな、ブルース・ウィリスの新作を観たかったのに。そういえば、きみもブルース・ウィリスが好きじゃなかったっけ？」

「ほら、言ったそばからこれよ！」怒ったふりをして叫ぶ。「たったいま誓ったばかりなのに、すぐに約束を破るんだから！」

「ブルース・ウィリスを見たくてうずうずしてるくせに。否定してみろよ」

サンディはドアを開けた。「じゃあね、マッケイド」

「きみの勝ちだ」彼が降参した。「チケットを買い終えるまで、どれがいいとかもう絶対に言わない」

廊下から頭だけ戻して言う。「取引成立よ」

「それでね、わたしたち、サイモン・ハーコートの信じられないくらい貴重な映像を見つけたの。あなたは覚えていないかもしれないけど、二年か三年前にフェニックスの南部地区のコミュニティセンターで火事があったのよ」映画館の駐車場に乗り入れる車内で、サンディはマッケイドに話して聞かせていた。「子どもたちが放課後、路上でうろつかずに過ごせる数少ない場所だったんだけど、火事のあと建物の修復にかかる費用の見積もりを取ったらとんでもなく高くて、もうあそこを再開するのは無理だって誰もがあきらめてたの」サンディはシートベルトをはずして車からおりた。ドアを閉めて鍵をかけるあいだも、しゃべりつづけている。「だけどミスター・ハーコートがこの件を聞きつけて、もう一度建物を詳しく調べさせたの。そうしたら建物自体はそれほど傷んでなくて、煙と消火の際の水による損害がほとんどだとわかったわけ」

マッケイドと彼女は、チケット売り場の窓口の前に伸びている列に並んだ。

「そこで彼は子どもたちや地域の関係者を集めて相談して――」

彼はサンディのウエストに腕をまわした。「それで?」引き寄せて続きを促す。

「自分たちで建物をきれいにすることにしたの」彼の手がひらひらしたシャツの裾の下に

入り込むと、サンディの声が急に乱れた。「マッケイド、いったい何をしているの？」

彼女の肌はサテンのようだ。なめらかであたたかく、やわらかい。いつまでもそこに触れていたい気持ちを必死で抑え、マッケイドはデニムに包まれたヒップに手をおろした。だがそこも、安心して手を置いておけるような場所ではない。どうすればいいのだろう？

彼はサンディにキスしたくてたまらなかった。

「覚えているだろう？　おれたちは恋人同士なんだ」とはいえ、ここでキスを始めるわけにもいかず、列が前に進んだのに乗じて身を離そうとする彼女をしっかりとつかまえておくだけにとどめた。

「マッケイド……」

彼がサンディを向き直らせ、両手をウエストにまわす。マッケイドにとってはいつもやっているゲームにすぎないのだと、彼女は考えた。そして彼はこのゲームを楽しんでいる。マッケイドは撮る側ではなく撮られる側を選んでも同じように成功しただろうと、彼女は以前から思っていた。彼のふるまいを見て、その確信がますます深まる。まるで本当にサンディに恋しているかのようだ。情熱的な視線に、彼の気持ちが本物だと勘違いしてしまいそうになる。でも、そんな誤解はしない。

「ここには、わたしたちを知っている人は誰もいないわ」サンディは抗議した。

「絶対と言いきれるか？　いつどこに誰がいるかわからない。きみの会社の人間やハーコートのスタッフが、もしかしたらいるかもしれないだろう？　フェニックスはそんなに大きい街じゃない」

疑うような視線を向けると、マッケイドは笑った。「そんなふうに思えないなら、ボディランゲージを練習するいい機会とでも考えればいいさ。こっちに来いよ。きみはおれのことがあまり好きじゃないと、まわりに思われてしまう」

列がさらに進み、彼は移動するためにサンディを放した。彼女が手を伸ばしてマッケイドの手を取る。

「これくらいのほうが、わたしらしい気がする」サンディが横目でちらりと見る。「これで観客に、わたしはあなたのことが好きなんだって納得させられると思う？　観客といっても、実際はほとんどいないんじゃないかと思うけど」

「まあ、ここから徐々にギアをあげていく感じかな」マッケイドはにやりとして、ゆるく指を絡めあわせた。

やがて窓口の前に来ると、サンディは彼の手を放さざるをえなくなった。「大人二枚」マッケイドは財布を取り出し、チケット売り場の女性にそう告げてから振り返った。「ええと……何にする？」

「わたしの分のチケットは買ってくれなくていいわよ」

「そのことはあとで話しあおう。とりあえずうしろに並んでいる人たちに迷惑だから、何を観るか決めないと」

「何を言ってるのよ。ほかに観るものなんかないでしょ」サンディは彼がわざわざきいてきたことが信じられなかった。「もちろんブルース・ウィリスの新作よ」

マッケイドがうなずく。「当然だな」彼はチケットを買い、サンディに笑いかけた。

「わたしが別のを選ぶなんて、最初から思ってなかったくせに」彼女はマッケイドについて、ポップコーンを買う列のうしろへ向かった。「それで、チケット代はいくら払えばいい？」

「ゼロだよ。いらない。受け取るもんか。デートなんだぞ、サンディ。いや、カサンドラ。ソーダとポップコーンもおれ持ちだ。説得しようとしても無駄だからな」

彼の目を見て、これ以上抵抗したり、からかったりしないほうがいいとサンディは悟った。どんな理由なのか知らないが、マッケイドは自分がお金を出すことにこだわっている。おそらく、いまやっている恋人ゲームと関係があるのだろう。もし本当につきあっていたら、彼は全部自分が払うと必ず主張する。

つまり、マッケイドは役に入り込んでいるのだ。彼は何をするにしてもやりすぎる傾向があるから、今回もそうなのだろう。でも、彼がどこまでやるつもりなのかが気になる。役になりきるあまり、家に帰ったあともこのゲームを続けるのだろうか？

ゲームに入れ込みすぎた彼と愛を交わすなんて、サンディはいやだった。だけど、そうなったら抵抗できるか自信がない。

ティーンエイジャーの従業員が大きな紙コップふたつにソーダを満たしているあいだ、マッケイドは無造作にサンディの肩に腕をまわし、反対側の手で彼女の顔にかかった髪を払った。愛情のこもった、やさしい仕草だ。彼女を見る目があたたかい。心臓が小さく跳ね、サンディは目をそらした。

こんなふうにしているのは、全部まねごとなのだ。現実の世界の出来事のように思えるけれど、本当は違う。これは願望であり、夢でしかない。

だけど、もし……。

もしマッケイドが自分の演じている役に真剣になりすぎて、本当に彼女を愛していると思い込んだら？　そうしたらどうなるだろう？　彼はここに一カ月か二カ月とどまる。運がよければ三カ月。でもだんだん落ち着かなくなって、結局は出ていってしまうのだ。どう考えてもマッケイドとは、ハッピーエンドになる可能性はない。

「それで話しあいの結果、みんなで作業をすることになったんだよね」マッケイドはポップコーンとソーダを両方とも受け取って、座席へと向かった。

サンディはぽかんとして彼を見つめた。

「テレビ局にサイモン・ハーコートの映像を探しに行って、いいのを見つけたという話をしてくれてただろう？」

「そうそう、コミュニティセンターの話だったわね。ええと、建物を直すのに必要な資材はハーコートがすべて寄付して、作業は近所の人たちでやったの。そして――ここがすばらしいんだけど、ハーコートも作業に加わって、一緒に汗を流したのよ」

「嘘だろ？」マッケイドが合いの手を入れる。

「いいえ。彼が合板シートを運んで階段をあがっている映像が見つかったわ。子どもたちにインタビューしてる映像の背後に、たまたま映ってたの。つまりハーコートは、宣伝のために作業していたんじゃない。映ってはいるけど、最初から最後までひと言もしゃべっていないのよ。カメラマンは彼に気づいていなかったんじゃないかしら。彼はただ黙々と働いていて、どこにでもいるふつうの人に見えたわ。ジーンズにTシャツという格好で。ジェームズが見つけなかったら、見逃すところだった。彼に言われて拡大してみたら、サイモン・ハーコートだったのよ。ジェームズったら、すごく興奮して、その場で側転でもしそうな勢いだったわ。ハーコートのイメージアップに最適の映像が見つかったんですもの」

映画館の中は薄暗くて涼しく、席はまばらにしか埋まっていなかった。マッケイドは真ん中の通路の右側の、誰も座っていない列の横で足を止めた。「ここでいいかい？」

「ここへ来るといつもこの場所に座るんだから、いいってことじゃない？」

彼女に冷静に返され、マッケイドはその列に入っていったが、いつものように通路のすぐ横の二席を選ばず、一番奥の壁際まで進んだ。

彼が肘掛けのカップホルダーにソーダのカップを入れるのを、サンディは通路に立ったまま見つめた。マッケイドが戻ってきて彼女の手を取り、奥へと引っ張っていく。

「カップルは壁際に座るものなんだ。そのほうが暗いから」彼が説明した。

そっと押されて、サンディは席に座った。マッケイドも隣に座り、当たり前のように彼女の肩に腕をまわす。

彼の鼻筋が通った引きしまった顔に薄暗い照明が当たり、ミステリアスな影ができていた。光を受けて輝いている青い目は、いつもより緑色や茶色が勝って見える。サンディはマッケイドが微笑んでくれないかと必死で祈ったが、にこりともせずに彼女を見つめているだけだ。

胃が震え、心臓は限界に挑戦するかのように恐ろしい速さで打ちはじめた。大きく息を吸って、ようやく声を出す。「マッケイド——」

彼はサンディを引き寄せて右手で顎を持ちあげ、唇を重ねて言葉の続きを封じた。たちまち彼女の頭は、霞《かすみ》がかかったようにぼうっとなった。いままで男性にこんなキスをされたことはない。マッケイドが舌をサンディの唇に軽く滑らせ、ゆったりとした物憂いキスを始める。押しつけがましさはないけれど、すぐにやめるつもりはないという意思はじゅうぶん伝わってくる。彼が少し圧力を強めて、サンディの唇をまた舌でなぞった。中へ入れてくれと頼んでいるのだ。

マッケイドとこんなふうにキスをしたらどうなるかあれこれ考えはじめてしまう前に、彼女は口を開いた。そして彼が余裕たっぷりに舌を滑り込ませ、口の中を探りだすと、もう何も考えられなくなった。欲望の渦にのみ込まれ、繰り返し差し入れられる舌に夢中で応えているうちに、最初はゆったりしていたキスがどんどん性急になっていく。マッケイドは彼女をさらに引き寄せようとしているが、椅子の肘掛けが邪魔でうまくいかない。彼がもどかしげにうめくのが聞こえた。

やがてマッケイドが体を離すと、サンディはわれに返った。照明が暗くなり、本編の前のＣＭや映画の予告が始まっている。ちらちらするスクリーンに照らし出された彼の顔を見て、サンディは息をのんだ。彼の目に熱い欲望が浮かんでいる。その瞬間、マッケイドは本当に彼女を愛し求めているのではないかという希望が心にふくれあがった。

「カサンドラ」だがそう呼ばれて、その希望は泡のようにはじけた。

マッケイドは自分が何をやっているのか、ちゃんとわかっている。冷静だ。そうでなければサンディと呼んだだろう。カサンドラと呼んでほしいという頼みを覚えているはずがない。やはり想像は想像でしかなかった。マッケイドは彼女を求めてもいなければ、愛してもいない。彼にとっては全部ゲームであることを、忘れてはならないのだ。幻想におぼれれば、あとでつらい思いをするはめになる。

マッケイドがふたたびキスをしようと体を寄せてきたが、サンディは顔をそむけて彼の腕の中から逃れた。手がひどく震えているのを知られないよう、腿の上で両手をきつく握りあわせる。そして、この秋公開される陳腐なコメディの予告編ではなく宇宙の深淵《しんえん》な秘密の答えが映し出されているかのように、スクリーンを凝視した。

マッケイドは戸惑って身を引いた。サンディはなぜ急に冷たくなったのだろう？　ほんの数秒前まで、かつて経験したことのないすばらしいキスをしてくれていたというのに。ハンサムなうえに明るく楽天的な性格をしているので、これまで彼は女性にすげなくされた経験がほとんどなかった。映画の本編が始まるとともに不安がふくれあがり、マッケイドは彼女の横顔を見つめた。もしサンディが彼を求めていないのだとしたら、どうすればいい？　ずっとマッケイドを兄のように思ってきたので、いまさら男性として見られないのだとしたら？　男としての彼を好きになってもらうという計画がうまくいかなかったら？

苦しさに胸が締めつけられるのを感じながら、マッケイドは薄暗い光に照らされたサンディの顔を見つめた。このまま振り向かせることができずに時間切れになったらと思うと、怖くてたまらなかった。

「もう寝るわ」サンディはリビングルームの入り口から声をかけた。マッケイドはソファに座って、業界誌を読んでいる。

彼はちらりと目を向けただけだった。「ああ」

「おやすみなさい」

今度は雑誌から目もあげず、マッケイドはただうなずいた。

サンディはベッドに入った。ひどく疲れているのにちっとも眠れず、ドアの下から差し込んでいる細い光とベッドサイドの時計に何度も目をやってしまう。

三〇分が過ぎた。そしてまた三〇分。さらに三〇分。

一時半になって、ようやく明かりが消えた。廊下を歩く足音が、彼女の部屋の前でぴたりと止まる。

サンディが息を止めて目を凝らしていると、ドアが静かに開いた。

体を起こして呼びかける。「マッケイド？」

彼が飛びあがって毒づいた。「びっくりさせるなよ」

「びっくりさせたですって？　わたしの部屋にこっそり入ってきたのはあなたじゃない、何を言ってるのよ！」

「寝てると思ったんだよ」暗がりでマッケイドが言い訳をする。「キーを探していたんだ」

「キー？」サンディは手を伸ばして、ベッドサイドのテーブルの上にある明かりをつけた。

「昨日ここで着替えたとき、どこかに置いたんじゃないかと思って……」

マッケイドはバイク用の黒い革ジャンとパンツをはいている。革のパンツが第二の皮膚のように長い脚に張りついているのが、なんともセクシーだ。でも、今夜はあたたかい。二五度くらいはあるだろう。それなのに革の上下を着ているということは、どこへ向かうにせよ、相当なスピードを出すつもりなのだ。

「どこへ行くの？」さりげなく聞こえるように尋ねた。

「バイクを飛ばしたくなって」

心が沈むのを感じながら、サンディはキーを探すのを手伝おうとベッドを出た。マッケイドの放浪癖が、またぞろ頭をもたげたのだ。そわそわして、どうにも落ち着かなくなったに違いない。真夜中にバイクでハイウェイを疾走し、顔や髪に風を感じる。最初のうちはその程度で、自由な気分に浸れるだろう。だが真夜中の外出は次第に長くなり、ある日彼女は荷物をまとめて出発の準備を整えたマッケイドを目にすることになる。彼は現れたときと同じくらい唐突に去っていくのだ。

キーはドレッサーの上にあった。シンプルな金属製のリングにキーが四つついている。

「あったわ」

マッケイドは近づいてくるサンディを見つめた。いつものように、ばかげた小さな白いコットンのナイティーを着ている。彼女はこういうのを着て寝るのが好きなのだ。きわどくはなく、どちらかといえば控えめなデザインだが、いまはランプの光のせいで透けている。しかも髪が奔放に渦巻きながら顔のまわりに広がり、背中へと流れ落ちているので、ひどく色っぽい。

「眠れないのか?」

静かに尋ね、息を止めて返事を待った。そばにいてほしいと彼女が言ってくれれば。一緒にいてと頼んでくれれば、愛していると伝えられる。そして――。

「いろいろ考えちゃって」サンディが言う。「今週末、グランド・キャニオンでの撮影がうまくいくか心配なの。ありとあらゆるトラブルが頭に浮かんできちゃうのよ」

一緒にいてほしいと言ってくれ。必死でそう念じていると、彼女と目が合い、火花が散ったような衝撃を感じた。ふたりのあいだに何かが通いあう。けれどもサンディは、すぐに目をそらしてしまった。

彼女がキーを手渡しながら言う。「気をつけてね。あなたが夜中にバイクを乗りまわすときは、いつも心配なのよ」

サンディは一緒にいてくれと頼むつもりはないのだ。彼は失望をのみ込んだ。

「別に行かなくてもいいんだ」

彼女が何も言わずにマッケイドを見つめる。

「行かないでほしいなら、そうするよ」

「いいえ。バイクを飛ばしたくなったと言ってたじゃない」サンディは首を横に振った。

「それでストレスが発散できるなら、そうすればいいわ。週末にいらいらされたら困るもの。

あなたと——あなたのカメラには、一〇〇パーセントの状態でいてもらわなくては」

だが、マッケイドはもうバイクを飛ばしたくなどなかった。せっかく起きているサンディと顔を合わせたのだ。ここに残って、彼女と話をしたい。愛を交わしたい……。

でも、サンディはベッドに戻ってしまった。「おやすみなさい、マッケイド」


電話が鳴った。朝の四時一五分前だというのに、鳴りつづけている。サンディは暗闇で受話器を探り当てた。「もしもし?」

「やあ」マッケイドだった。「サンディ、ベイビー。まだ起きてるのか?」

彼は明らかに酔っぱらっている。

「あなたの電話で起きたのよ。いったいどこにいるの?」彼女は明かりをつけた。

「おれはいったいどこにいるんだ?」マッケイドが誰かにきいているのが聞こえる。ひずんだカントリーミュージックの音や、ひっきりなしに響いている聞き間違えようのないピンボールマシンの音からして、彼がいるのはどこかのバーだ。「ヴァン・ビューレン通りとヴァイン通りの角だよ」マッケイドが声を張りあげた。「〈サボテン牧場〉っていう怪しい名前の酒場だ。まったく、〈サボテン牧場〉ってなんだよな?」

人のよさそうな声が電話を通して聞こえてくるものの、何を言っているかは聞き取れない。その男がどんな答えを返したのかわからないが、マッケイドが笑いだした。「黙れよ、ピーター」彼は男に言い、それからサンディに向かって説明を始めた。「ここで仲よくなったバーテンダーのピーターに、キーを取りあげられちまってさ。バイクに乗れないってのに、あと一時間もしないうちにこの吹きだまりを閉めるって言うんだ。タクシーに乗れるほど金は持ってきてないし、ピーターにはクレジットカードを担保に金を貸すのは無理だと言われた。この店ではカードは使えないらしい。だから、どうしてもきみが必要なんだよ、ベイビー。ここに来て、おれを助け出してくれ」

ベイビー？　彼がそう呼ぶのは二度目だ。「じゃあ、着替えて出るわ――」

「だけどおれは、いまきみが着ているものが好きなんだ」マッケイドが声をひそめた。「とんでもなくセクシーなしろものだからな。それを着ているときにうしろから光が当たると、中身が透けて見えるんだよ。知ってたかい？」

まさか、まったく知らなかった。ジーンズをはきながら、サンディはなんとか平静な声を出した。「ヴァン・ビューレン通りとヴァイン通りが交差する角ね。すぐに行くわ」

「なあ、サンディ？」

「何？」

「ピーターには言わないでほしいんだが、やつは正しい。おれ、ちょっと酔ってる」

「ええ、ちょっとだけね」彼女は同意した。

ヴァン・ビューレン通りはフェニックスでもきれいな界隈《かいわい》とはとても言えなかった。スカイハーバー空港に近いそこには、安モーテルやネオンサインを掲げた酒場、ファーストフード店ばかりが連なっている。けれども明け方近いこの時間になると、さすがにもう人通りはなく、サンディはそのことにほっとするべきなのか心配するべきなのか、あるいは警戒するべきなのかわからなかった。

〈サボテン牧場〉には未舗装の駐車場があり、地面に大きな穴がいくつも開いていた。ひとつだけ設置されている薄暗いスポットライトが、ずんぐりした醜い建物の立てつけの悪いドアを照らし出している。前にはバイクが横一列に止められており、それ以外には車が一台しか見当たらない。

サンディは入り口のなるべく近くに車を止め、外に出た。

マッケイドに光が当たると透けると言われるまで、彼女はナイティーの裾をジーンズに入れ、上にデニムのジャケットでも羽織ってくるつもりだった。でもあんなふうに言われたら着替えないわけにはいかず、ブルーのコットンのシンプルなワークシャツを着てきた。運がよければ目立たないように中に入ってマッケイドをつかまえ、さっさと退散できるだろう。

けれどもきしむドアを開け、煙草の煙が充満して音楽がうるさく鳴り響いている店内を見渡したサンディは、一瞬足を踏み入れるのをためらった。

バーには一五人ほど客がいるが、女性も含めてみながっちりと体格がよく、しかも革とチェーンで全身をかためている。これではサンディが目立たずにいられるはずがない。マッケイドはカウンターに座り、バーテンダーと話していた。バーテンダーは親しみやすい感じの男で、ネイティブアメリカンの血を引いているようだ。

サンディは興味津々な男たちの視線や敵意に満ちた女たちの視線を浴びながら歩き、ようやくカウンターまで到達した。

「マッケイド」

彼はスツールをまわして振り向くと、そのまま床に転げ落ちた。痛みなど感じていないかのようににやにやしながら、そのままの姿勢で彼女を見あげる。「よう、サンディ！　ここで何やってんだ？」

「あなたが電話してきたのよ」ブーツの先で彼をつついた。「連れて帰ってほしかったんじゃないの？」

「あなたがサンディですね。ぼくはピーター」バーテンダーがにこやかに手を差し出したので、彼女は軽く握り返した。「本当にマッケイドが言ってたとおり、きれいな人だ」彼がカウンターの下からマッケイドのキーを出して、サンディに渡す。「今夜はここにいる全員が、あなたについてたっぷり聞かされたんですよ」

マッケイドがふらふらしながら、懸命に立ちあがろうとしている。「おれが電話したって？　きみに？　いつ？」顔をしかめてきいたが、手を振って質問を引っ込めた。「まあ、そんなのはどうでもいい。いま、きみはここにいる。大事なのはそれだけさ、ベイビー。せっかくだから踊らないか？」

驚くべきことに、マッケイドは椅子から落ちるほど酔っぱらっていても、サンディがこれまで会った男たちの中でもっとも魅力的だった。髪はボサボサだし、無精ひげは伸びているし、立ちあがれないほどふらついている。それなのにゆがんだ笑顔は魅力的で、その目はいつもどおり信じられないほどきれいな青色だ。

しかもジリジリと焼けつくような熱い欲望をたたえ、まっすぐに彼女を見つめている。マッケイドが近づいてきた。これはステップ一なのだろうか？　相手のパーソナルスペースに入り込むという……。「さあ、ベイビー、踊ろう」

サンディは胸の前で腕を組んでうしろにさがった。「マッケイド、わたしは快適なベッドを出て、わざわざあなたを迎えに来たのよ。このまますぐに戻ったとしても、仕事へ行くまであと三時間しか寝られない。だから、いやよ。踊るつもりはないわ」

「しまった！　あのボディランゲージを見てくれよ。彼女はおれに腹を立てているんだと思うか？」マッケイドがピーターにきく。

「家に帰るんだよ」ピーターがやさしく言い聞かせた。「きみのハーレーはここでちゃんと預かっておく。明日、取りに来ればいい。わかったかい？」

マッケイドがサンディのほうを向いた。「今晩、六人の女が——」振り返ってピーターに確かめる。「六人だったよな？」

「ああ、そうだ」

「おれを家に連れて帰ろうとした。だけど彼女たちとは帰りたくなかった」

そんな話をされてもまったく楽しくなく、サンディは彼に冷めた目を向けた。

「どうしてそんな話をするの、マッケイド？　偉かったわねって褒めてもらいたいの？」

「おれが女たちになんて言ったかわかるか？」彼女にそう尋ねたあと、マッケイドがふたたびピーターに確かめる。「おれは彼女たちになんて言ったんだっけ？」

ピーターが微笑んだ。「一緒に帰りたい女は世界でひとりだけだ。だからサンディ・カークって名前じゃないなら、おれをほっといてくれ、と」

マッケイドのゆがんだ笑みを、彼女は黙って見つめた。彼は〝一緒に帰る〟に、愛しあうためという意味をこめているわけではない。それとも違うのだろうか……。

サンディは頭を振った。マッケイドの言葉の意味を分析するなんて、いったい何をやっているのだろう？　彼はぐでんぐでんに酔っぱらっている。電話をかけてきたことさえ覚えていないのに、彼を引っかけようとした六人の女たちに言ったことを正確に覚えているはずがない。それにしても、六人もだなんて……。

「さあ、マッケイド、もう帰りましょう」彼をそっとつついて促した。

「じゃあな、ピーター」マッケイドが振り返り、バーテンダーに別れを告げる。

「じゃあまた、マッケイド。会えて楽しかったですよ、サンディ」バーテンダーは穏やかに微笑み、グラス拭きに戻った。

外に出ると、東の空がかすかに明るくなっていた。サンディはマッケイドを小さな車の助手席になんとか座らせたあと、大きなカウボーイブーツを履いた彼の脚を持ちあげ、狭いスペースに押し込まなくてはならなかった。まったく、彼は大きすぎる。ようやくマッケイドの腰にシートベルトを締め、髪に絡みついてくる彼の手をほどいてドアを閉めると、運転席側にまわってハンドルの前に座った。

車を出し、黙ったまま北に一〇キロほど走らせたところで、突然マッケイドが彼女のほうを向いた。「車を止めてくれ」

ほかに走っている車はいなかったので、サンディはすぐに車を脇に寄せ、小さなショッピングモールの駐車場に入れた。ギアをニュートラルに入れ、サイドブレーキを引く。

「どうかした？」彼に向き直る。「気分でも悪いの？」

すると、いきなりマッケイドがキスをしてきた。

ウイスキーとビールと煙草の煙と彼独特のものが入りまじった、えもいわれぬ味と香り。信じられないことに、サンディはこの味と香りに慣れつつあった。彼の唇のあたたかくやわらかい感触に、すぐまた次のキスが欲しくなる。けれども彼女はマッケイドを押しやった。

酔っている彼とキスをするのは、そんな状態につけ入るみたいでいやだった。

「マッケイド、やめて」

彼が両手で髪をかきあげ、駄々をこねるように言う。「やめたくない。キスしてくれ、カサンドラ。お願いだ」

サンディを見つめるマッケイドの目は、熱でもあるかのように輝いている。彼はどれくらい酔っているのだろう？　こんな目をしたマッケイドは、〈サボテン牧場〉の駐車場で彼女の肩を借りてようやく歩いていたときほど酔っているようには見えない。

けれどもそのとき、彼が笑みを浮かべた。自制心のかけらもない、へらへらした笑みを。

「お願いだ」マッケイドが繰り返す。「映画館でしたみたいなキスをしてくれ。おれの歯で、きみの服を全部食いちぎってほしいと思っているようなキスを」

サンディは笑ったが、短く神経質な笑いになってしまった。「そんなキスじゃなかったわ」

マッケイドも笑い、視線を彼女の口に落とす。「いや、そうだった。そういうキスだったよ。お願いだ、ベイビー。もう一度あんなふうにキスしてほしい」

彼女は戸惑って目をそらしたが、顎をつかんで引き戻され、目を合わせないわけにはいかなくなった。

「なあ、頼むよ」

マッケイドが彼女を引き寄せた。ひたすらきつく抱きしめるので、サンディは身を振りほどくこともできなかった。唇を重ねられ、目を閉じて彼にしがみつく。彼女はいつも厳重に張りめぐらせている防御の壁をおろし、舌の侵入を許してキスに身をゆだねた。マッケイドがうめき、彼女をさらに強く抱き寄せようとするが、シートベルトが邪魔をしている。彼はもどかしげに毒づいたり笑ったりしながら、キスを繰り返した。

マッケイドの手は体のあらゆるところを動きまわった。何度もキスをしながら髪に指を差し入れ、顔や唇に触れ、脚を下からたどり、ヒップやウエストを過ぎてさらに上を目指す。とうとう胸まで手が来ると、サンディは息をのんだ。ブラとシャツの上から、彼の親指が敏感な胸のつぼみを荒っぽくいたぶる。

「ああ、きみが欲しい」マッケイドはささやき、彼女のシャツをジーンズから引き出そうとして、おぼつかない手でボタンを探った。「きみが必要なんだ、ベイビー。頼むから――」

強く引っ張りすぎたせいで、シャツのボタンがちぎれ飛んだ。だがそのおかげでようやくシャツの前が開き、真っ白な肌と繊細な白いレースのブラが現れた。彼はレースの下に手を滑り込ませると、サンディの目を見つめたまま胸を包んだ。

「愛してるよ。愛してるんだ、カサンドラ。結婚してくれ」

マッケイドは彼女の首に唇をつけ、キスをしながら胸までおろしていった。でも、サンディは失望の波に襲われていた。マッケイドは妄想と現実の区別がつかなくなっている。酔っぱらっているとわかっていたのに、どうしてキスをさせてしまったのだろう？　涙がこみあげた。これは自分の責任だ。マッケイドはただ、彼女の恋人を演じるという役割にどっぷりつかっているにすぎない。ジェームズ・ヴァンデンバーグをたきつけるためのゲームに熱心になりすぎただけだ。涙がこぼれて頬を伝った。止まる気配はなく、あとからあとからわいてくる。マッケイドは本当に彼女を愛しているわけではない。そういうふりをしているだけ。結婚を申し込んだのは、賭けの日付がよくわからなくなったからだろう。土曜日から数えて二週間後に申し込むはずなのに。そうしなければ、彼とフランクは賭けに勝てない。

サンディはマッケイドを押しのけ、両手でシャツをかきあわせた。

彼が驚き、わけがわからないという目で見つめる。けれどもサンディの顔を流れ落ちる涙に気づくと、ショックを受けた表情になった。

「まさか泣いているのか、サンディ？　おれのせいだ」かすれた声でうろたえる。「教えてくれ、何がいけなかったんだ？　どこか痛かったのか？」

彼が伸ばしてきた手を、彼女はびくっとしてよけた。「触らないで、マッケイド」険しい声で言う。「触ってほしくないの！」

「なぜ？」

サンディは車のギアを入れ、タイヤをきしらせながら駐車場を出た。

マッケイドが彼女の膝に手を置く。「なぜなんだ？　すごくいい感じだったのに……」

サンディは彼の手を払いのけた。シャツを押さえながら片手で運転するだけで精一杯だ。

「いいえ、全然よくない」

彼がまた手を置く。「なあ——」

サンディが力任せにブレーキを踏んだので、車は激しい摩擦音とともに止まった。

「やめて！　お願いだから、マッケイド、だめって言ったらだめなの！」

彼の目にも涙がにじんだ。哀れで間抜けな酔っぱらいのマッケイド。冗談ではなく、彼にはわからないのだ。アルコールのせいで、マッケイドは〝いま〟しかない世界にいる。いまの彼には過去も未来もなく、重要なのは女性との情熱的な時間だけ。その女性はたまたまサンディだったけれど、どうしても彼女でなければならなかったとは思えない。

マッケイドは酔っぱらっているが、彼女は素面《しらふ》だ。こんなことはあとで虚しくなるだけだとわかっているし、彼との関係は一時的な満足を得るよりもはるかに大切だ。たしかにサンディは彼を求めている。でも、マッケイドにも心から彼女を求めてもらいたい。たまたま手近にいる女としてではなく、サンディとして。ゲームの一環ではなく、ちゃんと愛してほしい。それにもし彼と愛を交わすのなら、一生忘れずに覚えていてもらいたい。

アルコールのせいで感情を抑制できないマッケイドが、涙を止められずに横を向く。

サンディはシャツの袖で自分の涙をぬぐい、ふたたび車のギアを入れた。「マッケイド」

その言葉に彼は反応せず、顔もあげなかった。

「もしあなたが――」唇を湿らせて気持ちを静め、先を続けた。「もしあなたが素面になってもまだわたしと愛しあいたかったら、そう言って。わかった？」

マッケイドが顔をあげ、手のひらで目をこする。「おれ、かなり酔っぱらってるよな？」

「ええ、そうね」なんとか笑みを作る。「賭けてもいいわ。明日になったら、あなたはきっと、こんなふうにわたしに迫ったことなんてまるで覚えていないはずよ」

「そうかもな。だが、ひとつだけ絶対に忘れないことがある。いま、どんなに酔っていても」

サンディは車をコンドミニアムの駐車場に入れた。「なあに？」

彼女が目を向けると、マッケイドは微笑んだ。自信なさげな笑みが、彼を若く傷つきやすく見せている。「きみを心から愛していることさ」

彼女はふたたび涙がわきあがるのを感じた。「それはすてきね、マッケイド」声が震えないようにこらえる。

「信じてくれるだろう？」彼は心配そうだ。

「もちろん」サンディは嘘をついた。「もちろんよ、マッケイド」

8

　マッケイドがシャワーを浴び終え、よろよろした足取りでバスルームを出る頃には、頭痛薬が効きはじめていた。とはいえ少しでも頭が揺れると気分が悪くなりそうで、なるべく慎重に足を進めた。

　体を拭きながら、ゆうべ何があったのか思い出そうとする。バイクをものすごい勢いで飛ばして出かけたのは覚えている。たしかキャメルバック・ロードをずっと進んで、一七号線に入ったのだ。そしてハイウェイを南へ向かい、記録的な短時間で空港に到達した。そのあとヴァン・ビューレン通りをゆっくり走り、真夜中までやっているバーを探して一軒見つけたのだが、正確な場所は覚えていない。

　ビールをチェイサーにウイスキーを飲んでいたそこの客たちの中には、マッケイドがこれまでハーレーにまたがってアメリカのあちこちへと出かけたときに見かけた顔もあった。そいつらに短い髪をからかわれたあと、みんなでビリヤードをしながら浴びるように酒を飲んだのだ。しかしそのあとは、霞がかかったようにぼんやりとしている。

ぼんやりと？　いや、ぼんやりどころか真っ白で、完全に記憶がとぎれていた。いったいどうやってコンドミニアムまで戻ったのだろう？　見当もつかない。

彼は腰にタオルを巻いてリビングルームに行った。するとサンディが、コーヒーテーブルの上に洗った下着を置いていってくれていた。

サンディ。

突然、運転席にいる彼女の姿がよみがえって、マッケイドは凍りついた。サンディはあの美しい目を欲望に曇らせ、彼との激しいキスで唇を赤く光らせながら、頭をうしろに投げ出していた。しかもなんてことだ、シャツの前が開いて、完璧な胸を覆う白いレースのブラがあらわになっていた。

急に部屋が傾いたような気がして、マッケイドはソファに座り込んだ。

昨日の夜、何があったのだろう？

目をきつく閉じて、必死に思い出そうとする。けれどもその光景以外、何も浮かんでこない。だが、もし彼女と愛を交わしたのなら覚えているはずだ。絶対に。

マッケイドは電話を取りあげた。サンディのオフィスの番号を押しかけてやめる。

彼女になんと言うつもりだ？　〝やあ、ベイブ〟とでも？　それとも〝昨日おれたち、愛しあったんだっけ？〟とか？

彼は大きく息を吸い、落ち着いて考えるよう自分に言い聞かせた。もしもサンディと本当に愛しあったのなら、絶対に覚えているはずだ。彼女を絶望的なくらい愛しているのだから。彼にとってこれほど重要な出来事を、どれだけ酔っぱらっていても忘れるなんてありえない。

それにそういうことになっていれば、今朝はサンディのベッドで目覚めたはずだ。

今度はタクシーを呼ぶために電話をかけ、マッケイドは服を着た。

サンディのオフィスまでたいした距離ではないが、彼はタクシーの座席にもたれて目を閉じ、少しでも記憶をよみがえらせようと試みた。ふと、バーテンダーがいたのを思い出す。親切な男で、名前はたしか……ピーターだったか。頭のまわる男だった。マッケイドからキーを取りあげたのだから。もし昨日バイクに乗って帰っていたら、いま頃は生きていなかったかもしれない。それどころか、罪のない誰かの命を奪っていた可能性もある。

なぜあそこまで酒を飲んでしまったのか、自分でもわからない。こんなばかなまねをしたのは何年ぶりだろう。だが、マッケイドにはああする必要があったのだ。彼は目を開けた。いや、いまの自分は前までの自分とは違う。昨日あんなふうにバイクを走らせても、気分はまったくよくならなかった。以前ならスピード感に恍惚《こうこつ》となり、どこまでも伸びる道にワクワクしたはずだ。でも昨日は、サンディのところに帰りたい、彼女とベッドで過ごしたいという気持ちが募っただけだった。ベッドといっても、ただセックスをしたかったわけじゃない。彼女を腕に抱いて一緒に過ごし、愛していると伝えたかった。彼女に心を奪われてしまったと伝えたかったのだ。

マッケイドは生まれてはじめて、一箇所にとどまりたいと心から願った。サンディのもとに、いつまでも。それがかなわなければ生きていけない。彼女が自分を求めていないかもしれないと考えると、正気を失いそうになる。怖くてたまらない。

その恐怖を忘れるために昨日は飲んだ。そして正体もなく酔っぱらい、どうやら寝ているサンディをベッドから引っ張り出して、みじめな状態の彼を家まで連れ帰らせたらしい。

まったく、上出来だ。

彼らは今夜、グランド・キャニオンに向かう。サンディは打ちあわせをしたり、あちこちに電話をかけたり、いろんな準備をしたりで、てんてこ舞いの一日だろう。

それなのに自分は何をした？　夜中に起こして貴重な睡眠時間を奪うなんて、たいした王子さまだ。

タクシーが〈ビデオ・エンタープライズ〉の前に止まり、マッケイドは料金を支払った。まだガンガンする頭をぶつけないよう、慎重に車をおりる。

建物の中に入ると、笑みを向けてくる受付係の前を通って、長い廊下をゆっくりとサンディのオフィスに向かった。オフィスのドアは閉まっており、すぐ外のデスクにローラが秘書兼ボディガードのように陣取っている。

「彼女は忙しいかい？」マッケイドはきいた。

ローラがしかめっ面で返す。「忙しいか、ですって？　わたしはようやくいま、今日はじめて椅子に座れたところなんですよ。カメラが一台ヴァンの中できちんと固定されていなかったせいで、レンズが割れちゃって。機材をポインツノースに向けて送り出す午後三時までにレンズの替えを手に入れようと、みんな半狂乱で探しまわってたんです。だから、そうですね、ボスは忙しいです。だけど誰かと打ちあわせをしてるとか、そういうわけじゃありません。質問の意味がそういうことでしたら」

マッケイドはインターコムを身振りで示した。「ええっと、彼女におれが来たって知らせてくれるかな。会いたがってるって――時間があればだけど」

ローラが不思議そうに彼を見た。「けんかでもしたんですか？　いつもなら勝手に入っていくのに」

「いいから、きいてみてくれ」昨日飲みすぎたせいでまだ震えている手を、マッケイドはポケットに突っ込んだ。いまいましいことに気分も悪い。「頼むよ」

ローラはインターコムのボタンを押し、言われたとおり、てきぱきとボスに伝えた。

インターコムを通して答える代わりに、サンディが黙ってドアを開けた。

マッケイドは思わず息を止めた。彼女は美しかった。ゆるやかにフィットした白いシルクのブラウスの裾をタック入りのゆったりとしたカーキ色のパンツのウエストにしまっているので、ほっそりとした体が際立っている。頭のてっぺんでまとめた髪が乱れ、いくつものカールが顔を縁取っているのが魅力的だ。

本当に美しい。だが疲労がにじんでもいて、その責任はマッケイドにある。

サンディがいぶかしげに片方の眉をあげ、笑みを浮かべた。「わたしのオフィスに入るのに、いつから許可なんて取るようになったの？」彼が入れるように脇へよける。

ドアが閉まると、マッケイドは彼女に向き直った。「もしかしたら、おれに会いたくないかと思って」

彼女が頭上から照りつける天井の照明を消し、窓際のブラインドをおろすと、部屋が穏やかな暗さに包まれた。「よくなった？」デスクのうしろに戻りながら尋ねる。

マッケイドは来客用の椅子にそろそろと座り、サングラスを取った。「ああ、ありがとう」大きく息を吸って続ける。「謝りたいんだ」サンディがさっと顔をあげて彼を見つめ、すぐに目をそらす。ああ、やっぱり。自分は謝らなければならないようなことをしでかしたらしい。だが、いったい何を？

日焼けしたマッケイドの顔には血の気がなく、動くときも妙にそろそろと慎重なことにサンディは気づいた。外見からも二日酔いとわかるが、気分はおそらく見た目の一〇倍も悪いのだろう。それなのに彼はベッドを出て、わざわざサンディに会いに来た。昨夜のことをどれだけ覚えているのかわからないけれど。〝もしあなたが素面になってもまだわたしと愛しあいたかったら、そう言って〟ゆうべの自分の言葉が頭の中にこだまする。

マッケイドは手に持ったサングラスを黙って見つめ、つるをもてあそんでいたが、しばらくしてようやく顔をあげた。「謝りたい。だけど正直に言うと、謝らなければならないような何をしたのか、覚えてない」

彼が覚えていないと知って、サンディは心から安堵《あんど》した。デスクの上の書類の四隅をそろえ、きれいに整える。「覚えていないのなら、どうして謝らないといけないことをしたってわかるの？」

「だから、それをきみに教えてもらおうと思って。夜中に起こしたこと以外、おれ、何かしたかな？」

彼女はマッケイドと目を合わせた。「いいえ、何も」首を横に振り、かすかに微笑む。けれども彼は小声で毒づき、食いさがった。「いや、何かしたはずだ。覚えているんだよ。おれはきみを泣かせた。そうだろう？」

サンディの沈黙は、彼が正しいと認めたも同然だった。

「やっぱり泣かせたんだな」彼がふたたび毒づく。

「遅い時間だったから。わたしは疲れていたし――」

「おれは何を言った？」彼は恐怖を覚えながらきいた。「教えてくれ、何がいけなかったんだ？」

「まったく同じ会話を昨日の夜もしたわ。忘れましょう。いいわね？」

「サンディ、悪かったよ」マッケイドは身を乗り出した。「おれが何をしたにせよ、きみを動揺させるようなことだった。本当にすまない」

「謝ってくれる必要はないけど、それで気がすむなら受け入れておくわ。それでいい？」サンディは軽い口調で言うと、引き出しを開けて車のキーを取り出した。「誰かひとり連れて、バイクを取りに行ってきて。ヴァン・ビューレン通りとヴァイン通りが交差する角にある〈サボテン牧場〉って店よ。フランクが編集室にいると思うし、彼が見つからなかったら、トムかエドがそこらへんにいるはず。とにかく、帰りはその誰かに車を運転してもらえばいいわ」

マッケイドはキーを受け取った。「ありがとう」

「五時までに手の震えは止まりそう？」

「ばれてたか。うまく隠しているつもりだったのに」

サンディは笑った。「まじめな話よ、マッケイド。グランド・キャニオンで、ミスター・ハーコートが自家用のセスナを飛ばしてくれるの。ジェームズも一緒で、わたしとカメラマンもどうぞって。きっとすばらしい映像が――」

「きみがセスナに乗る？」マッケイドは本気で驚いていた。サンディはふだん、小型の自家用機どころかもっと大きな旅客機にも乗らないのだ。

「だって、こんなチャンスを逃せるはずないでしょう」彼女が自分に言い聞かせるかのように言う。「あなたが一緒なら耐えられるんじゃないかと思って当てにしてたんだけど、もしカメラをしっかり構えられないのなら――」

「大丈夫だ」

「オライリーに頼んでもいいのよ」

「大丈夫だって」

インターコムが鳴り、ローラの声が響いた。「ミスター・ヴァンデンバーグが、ショッピングモールで撮影した映像をチェックするためにいらしています」

サンディがインターコムのボタンを押して応える。「編集室に行くって伝えてくれる？」

「おれはもう退散したほうがよさそうだ」マッケイドは立ちあがり、車のキーをポケットに入れた。「昨日は迎えに来てくれて、本当に助かったよ」

「酔っぱらいすぎて自分では運転できないと判断できるだけの理性があなたに残っていて、本当によかったわ」

彼は首を横に振った。「残念ながら、それはおれじゃなくてバーテンダーのお手柄さ」

「じゃあ、彼にわたしからの感謝を伝えてくれる？」サンディは部屋を出ようとドアの取っ手に手を伸ばしたが、マッケイドがドアのなめらかな表面に手のひらを当て、開かないように押さえた。

「恋人らしく、ここはキスをするべきだと思う」

彼女の心臓が大きく跳ねた。「ここにはわたしたちしかいないわ。見ている人がいなければ、キスする意味はないでしょう？」

彼がやさしくサンディの顔に触れる。「きみはキスされたばかりの女性には見えないよ。ヴァンデンバーグはきっと気づく」

「そんなのばかばかしいわ」彼女は弱々しく反論したが、よけようとはしなかった。というより動けなくて、迫ってくるマッケイドの唇をそのまま受け止めた。

やさしく唇を触れあわせるだけの、うっとりするほど甘いキス。でもそこにはゆうべふたりのあいだに燃えあがった熱い炎も見え隠れしていて、彼女は昨日マッケイドがどんなふうに触れたか、彼の手がどんなふうに胸を包んだか、一瞬で思い出した。

彼が体を引いた。「さあ、もう行っていい。キスされたって顔になったぞ」そう言って満足げにうなずく。

サンディはドアを開けた。「四時半に空港へ出発よ」動揺を隠すため、きびきびと告げる。「数日分の着替えを荷造りして、それまでにここへ来て。遅れないでよ」

低い笑い声が、廊下を進む彼女を追いかけてきた。

途中、エレベーターの向かいにある鏡に映った自分の姿が見えて、サンディは足を止めた。マッケイドが言ったとおり、キスされたばかりという顔だ。頬はほんのり紅潮してバラ色になっているし、目はキラキラ輝いている。そして唇は……。

一回軽くキスをしただけで、こんなふうになってしまうなんて。それなら昨夜、車の中で互いをむさぼるようにキスをしたあとはどんな顔になっていたのだろう？　マッケイドの記憶に残っていなくて本当によかった。彼に対する思いがあからさまに顔に出ていたに違いない。

サンディは鏡から目をそらして編集室に向かった。

マッケイドが赤信号で車を止めると、床で何かがキラリと光るのが見えた。ボタン。車に乗り込んでから、これでもう三つ目だ。

「なんなんです？」マッケイドがボタンを拾うと、フランクがのんびりときいた。

「なんでもない」彼は前に見つけたボタンと一緒に灰皿に入れた。

するとハンマーで殴られたかのように、いきなり記憶がよみがえった。ジグソーパズルのピースみたいに、バラバラで断片的な記憶の群れ。だが、どんな場面だったか推測するにはじゅうぶんだった。マッケイドはサンディとこの車に乗っている。不吉な予感をはらんだ、夜明け前のうっすらと明らんだ空。キスをしていた彼が激しい欲望を抑えきれなくなり、サンディのシャツを乱暴に押し開いた。ボタンがちぎれ飛び――。

「ああ、ちくしょう」彼はつぶやき、ハンドルをきつく握りしめた。

「信号が青になりましたよ」フランクが促す。

マッケイドはぎこちなくギアを入れ、交差点を横切った。あのあと、自分は何をしたのだろう？　そしてサンディはなぜ黙っていたんだ？

サンディは翼の生えたアルミニウムのソーダ缶に乗って、地球のはるか上空を飛んでいた。「どうかな――」マッケイドが耳元でささやく。「アリゾナ最高の景色を撮るために、翼の上に出るってのは――」

「だめよ！」からかわれていると気づく前に叫んでいた。

「じゃあ、撮影はとりあえず終わりだな」彼はにやりとして慎重にカメラを置いた。ハーコートは無線でグランド・キャニオンそばの空港の管制とやり取りしているし、ジェームズは前の座席でメールを読んでいる。

マッケイドが彼女に腕をまわして引き寄せ、静かにきいた。「気分はどうだい？」

心配そうな彼の目を見て、サンディは笑みを作った。かろうじて浮かべた表情だが、一応笑みにはなっている。「すばらしいわ」嘘をついた。離陸のときが最悪で、マッケイドがカメラをまわしていたために、彼の手を握って耐えることもできなかった。でも彼はいま、そのときの埋めあわせをしようとしてくれている。

「こうして飛行機に乗っているのは、本当はすごく安全なんだ」マッケイドがささやく。「ハイウェイを飛ばしてるときのほうが危険は大きい。おれのハーレーで、ってことじゃない。車の話さ。バイクだったら、危険は四倍近くまで跳ねあがる」

「教えてくれてありがとう。これで今後あなたがバイクに乗るときは、死ぬほどおびえていなくちゃならないわ」

「おれはいつも気をつけている」

「気をつけている人はヘルメットをかぶるものよ」彼女は指摘した。

「ヘルメットをかぶると、かっこ悪い」

「死んだらかっこいいも何もないじゃない」

「わかった、きみの勝ちだよ」マッケイドは自嘲するような笑みとともに敗北を認めた。

サンディの脚に押しつけられている彼の脚はジーンズに包まれ、上半身はいつもの黒いTシャツの上に鮮やかな赤のシェルジャケットという格好だ。ジャケットはL・L・ビーンのカタログから彼女が選んだものだが、本人は黒い革のジャケットのほうが落ち着くに違いない。彼はサンディのために、このジャケットを着てきたのだ。

何をしたのか知らないが、午前中遅くに彼女のオフィスに現れてから四時半の集合時間までのあいだに、マッケイドはトラックにはねられたばかりのような二日酔いの状態から立ち直っていた。かすかに充血している目を除けば、彼が夜明けまで記憶をなくすほど酒を飲んでいたなんて外見からはわからない。

マッケイドが笑みを向けてきた。その目はあたたかく、引きしまった顔には笑いじわができている。うっとりと彼の顔を見つめたあと、サンディは心の中で自分を叱った。たしかにマッケイドはものすごくハンサムだけれど、顔以外にもすばらしいところはたくさんある。体だって……。彼と体を密着させて踊ったとき、どれほど心地よかったか。彼の腕に抱かれた感触を思い出して、サンディはひそかに微笑んだ。

とはいえ、ジェームズだってハンサムだし、いい体をしている。でも、彼のことは愛していない。愛しているのはマッケイドなのだ。

貧しい境遇で生き抜いてきたおかげで身についたタフで世慣れた態度、たぐいまれなユーモアのセンス、じつはすごくやさしくて誠実な部分、生意気なくらい自信満々なしゃべり方——これらはマッケイドの災いの種であり、身を助けるものでもある。鋭い知性、頭の回転の速さ、すべてを愛している。過保護なところや、白黒をはっきりつけずにはいられないところ、中学高校時代にまわりから軽く扱われたことをまだ引きずっているところ、どこまでも伸びる道に引かれ、一箇所に落ち着きたがらないところといった、いつも彼女をいらだたせる面まで、彼のすべてを愛している。

「鳥って、こういう気分なんだろうな」マッケイドが言った。「自由で、生きてるって感じ。地面の上で生きているやつらとは、見えているものがまるで違う」

マッケイドは自分を鳥になぞらえているのだろう。サンディは彼のほうを向くと、衝動的にキスをした。口に。

彼はショックを受けた。サンディにキスされるなんて、まったく予想していなかった。しかもこんなふうに、大切なクライアントふたりが彼らの前に座っている小さな飛行機の中で。

だが、たしかにサンディはキスをした。マッケイドは映画館で押しのけられて以来はじめて、彼女に愛してもらえるかもしれないという希望を感じた。

けれども、すぐに顔がこわばった。彼女のシャツを無理やり開き、ボタンがいくつもちぎれ飛んだ場面がよみがえったのだ。ゆうべ何があったのか、思い出せさえしたら。ばかなまねをしたのは間違いない。彼はしょっちゅうそういうことをしでかすのだから。だから問題は、どれだけばかなまねだったのかという点に尽きる。

「悪くない景色ね」サンディが窓の外に目をやり、はるか下に広がる立体地図のような山々を見つめる。「あなたの言うとおり、地上から見える景色とはまるで違う。こうやってすべてを見渡していると、敬虔《けいけん》な気持ちになるわ。地上からだとすごく大きく見えるものが、どれもこれも笑っちゃうほど小さくて」彼女は座席の背にもたれ、マッケイドの肩に頭をのせた。「空を飛ぶって、ほんと、悪くないわ。なんとか慣れることができそうよ」

サイモン・ハーコートは空港から別の車で別荘に向かい、ジェームズ・ヴァンデンバーグがサンディとマッケイドをモーテルまで送っていった。〈ビデオ・エンタープライズ〉の技術スタッフたちは、すでにモーテルの隣のレストランで彼らの到着を待っていた。

もう夜の八時近くになっており、サンディは疲労と空腹で頭がぼうっとしていた。三人はすぐにレストランへ行ってスタッフたちと合流し、サンディは急いで料理を注文したあと、翌日の撮影スケジュールをみなと確認した。天気がよければ、家族とグランド・キャニオンを歩きに行くサイモン・ハーコートに同行する。この場合、六時にモーニングコールをまわすことになった。

「雨が降ったらどうします?」誰かが質問した。

サンディは笑みを浮かべて答えた。「そうしたら、フランクはみんなを寝かせておいてくれるわ。寝坊したあと正午にここに集まって、昼食をとりながら午後の予定を話しあいましょう。たぶん、ミスター・ハーコートの別荘で屋内の撮影をすることになると思うけど」

注文したスープとサラダが来てサンディが食べはじめると、スタッフは解散した。駐車場を横切って部屋に戻る者もいれば、レストランの隣にある小さな薄暗いバーへ入っていく者もいる。

ハンバーガーを注文していたマッケイドとジェームズは、サンディがスタッフと話をしているあいだに食べ終えていた。そしてジェームズは今回の撮影中に雑用を引き受けてくれるボランティアたちの様子を見に行くと言って、先に出ていった。

サンディが目をあげると、マッケイドが彼女を見つめていた。「ねえ、お願いがあるの」

彼がうなずく。

「モーテルに行って、チェックインしてきてくれない?」

マッケイドは椅子を押して立ちあがった。「ああ、いいよ」

サンディはスープとサラダを食べ終えると会計をすませた。疲労を感じながらのろのろと立ち、旅行バッグを肩にかけようとしたとき、マッケイドが戻ってきた。彼はその旅行バッグを取り、もう片方の手に自分のバッグを持って先に立ち、レストランから駐車場に出た。「なあ、サンディ」

「それ以上言わないで」サンディはピシャリと止めた。「その〝なあ、サンディ〟のあとにはよくない知らせが続くような気がする。いまはわたし、へとへとだから、よくない知らせなんて聞きたくないの。どんな内容か知らないけど、明日の朝にして」L字形の二階建てのモーテルの、ずらりと並んだドアに目をやる。「わたしの部屋は何号室?」

「二三八」

つまり二階ということだ。よかった。ひと晩じゅう頭上で歩きまわる足音に悩まされずにすむ。二三八号室はLの長いほうの直線部分にあり、レストランとは駐車場をはさんでちょうど向かい側、しかも階段をあがってすぐのところだった。彼女は部屋に急いだ。もうじき清潔で心地いいマットレスに体を横たえ、やわらかい枕に頭をのせて至福の眠りに身をゆだねられる。

だが、すぐうしろからマッケイドがついてきた。「あなたは何号室?」サンディは振り返ってきいた。

「二三八」

そのまま四歩進んだところで、ようやく彼の言葉の意味を理解した。足を止めて、ぎくしゃくと振り返る。

「だから、その話をしようとしてたんだ」マッケイドが謝るように言う。

サンディはモーテルのオフィスに目を向けたが、マッケイドが彼女の考えを察して首を横に振った。

「もう頼んでみたさ。だけどいっぱいで、空きがないそうだ。この道沿いのもう少し先にあるモーテルにもきいてもらったが、そこもだめ。国立公園内のロッジにも一応きいたが、宿泊予約係に鼻で笑われたよ。きみがそうしてほしければ、おれはフランクとオライリーの部屋に入れてもらう」

サンディは目を閉じた。「ローラってば、殺してやるわ」

「ローラ?」

「彼女がここの予約をしたの」目を開けてマッケイドを見る。「もし本当にわたしたちがつきあっているとしても、夫婦でもないのに仕事の旅行で一緒の部屋に泊まるなんてありえないわ。そんなの、社会人として許されない。なんていうか……不まじめだもの」

マッケイドは両手に持ったバッグを持ち直した。「まず、きみの荷物を部屋まで運ばせてくれ。そのあとフランクを探しに行くから――」

「そして床で寝るの？」彼女は首を横に振った。「いいえ、マッケイド、わたしたちは一緒の部屋に泊まるのよ。ただし、みんなにはばれないように。結局、そんなに大騒ぎするほどのことじゃないわ。どうせあなたはわたしのコンドミニアムに泊まっているんですもの。たいして変わらないわよね」

彼が何も言わなかったので、サンディはふたたび歩きだした。「モーテルの部屋には、ふつうダブルベッドじゃなくてシングルベッドがふたつあるものよ。あなたが片方に寝て、わたしがもう片方に寝る。それで解決よ。いいわね？」

彼女はマッケイドだけでなく自分も納得させようとしていた。モーテルで一緒の部屋に泊まることと、コンドミニアムに彼を泊めていることはまったく違う。いくつも部屋があるコンドミニアムでは、彼への気持ちを抑えきれなくなったら別の部屋に行けばいいのだから。でも、ほんの二、三日だ。それくらいのあいだなら、彼に身を投げ出さずに我慢できるだろう。きっと。

マッケイドは黙ったまま、階段をあがるサンディのあとをついてくる。二三八号室に着き、彼女が鍵を差し込んでまわすあいだも何も言わない。

明かりをつけて部屋に足を踏み入れたとたん、サンディは思わず毒づいた。

ベッドはひとつしかなかった。

キングサイズのベッドがひとつだけ。

マッケイドは中に入ると、ブーツの先でドアを閉めた。自分のバッグを床に落とし、彼女の荷物はドレッサーの上に置く。「フランクを探しに行くよ」

「待って」

彼は二日酔いからなんとか立ち直って夕方の撮影をこなしたものの、そのエネルギーもいまは尽きて、げっそりした顔をしている。「いや、動きつづけていないと、ひっくり返りそうだから」彼女がなかなか先を続けないので、マッケイドは言った。

「フランクが見つからなかったらどうするの?」

「ヴァンで寝るさ」

「夜は冷えるわ。ここは山なのよ」サンディは大きく息を吸い、音を立てて吐き出した。

「大きなベッドだし、わたしたちは大人ですもの。一緒に使っても大丈夫よ」

マッケイドが首を横に振る。「それはどうかな」

「フランクの部屋の床で寝るなんて、絶対にだめ」きっぱりと言った。「そんなの、かえって変に思われるわ。わたしたちが一緒に暮らしてることは、みんな知っているんですもの。そしてヴァンで寝るなんて論外よ。明日になれば部屋が空くかもしれないし」

彼はまた首を横に振った。「週末までいっぱいだそうだ」

「キャンセルが出ることだってあるわ」サンディはベッドに座り、ブーツを脱いで壁際に放った。「シャワーを浴びて寝るわね。明日は早いから」

彼女は旅行バッグの中をかきまわして、いつも着ている小さなコットンのナイティーを取り出した。それを脇にはさんで持ち、シャツのボタンをはずしはじめる。

それを見ているうちに、サンディの小さな車の中でボタンがちぎれ飛んだ場面がマッケイドの脳裏によみがえった。欲望を目にたたえた彼女は、とてつもなくセクシーできれいだった……。

息が詰まるほどの欲望で下腹部がこわばり、彼は向きを変えた。サンディの自宅に押しかけてから、もう何週間も葛藤する気持ちを抑えて過ごしてきた。だが今夜はこれからこの大きなベッドで一緒に眠るのだと思うと、急にたがはずれてしまった。

彼女が欲しくてたまらない。

それにもしシャツを力任せに開いた記憶が夢ではなく現実なら、すでにマッケイドは自分をコントロールできなくなっている。この期に及んでまだ〝もし〟だなんて、何を考えているのだろう？　あれは確実に夢ではない。サンディの車の中で見つけたボタンが何よりの証拠だ。

バスルームから響いてくる水音に耳を傾けながら、彼はジャケットをゆっくりと脱いだ。彼女が出たら、すぐに自分もシャワーを浴びなければ。熱い体を冷やす、冷たいシャワーを。

「サンディ?」

ベッドの反対の端から、暗闇を通してマッケイドの声が響いた。彼女は寝返りを打って具合のいい位置を探そうとしたが、年季が入ってへたったマットレスは体重の重いマッケイドに向かって傾き、まるで丘の斜面に寝ているようだ。

「なあに?」

「妙な状況になったたな」

もちろん彼女だって、そう思っている。「目をつぶりなさい、マッケイド。わたしの半分でも疲れているなら、あっという間に眠れるはずよ」

「すまない。きみがそんなに疲れているのはおれのせいだ」

「次に飲みに出かけるときは、その言葉を思い出してよ。そういえば昨日のこと、まだお説教してなかったわよね?」

「ああ、まだだ」

サンディは彼のほうに体を向けた。「飲酒が死亡原因になるのは、車やバイクで事故を起こすせいだけじゃないんですからね」厳しい声を出す。「急性アルコール中毒の危険だってあるのよ」

「だけど、別に酔っぱらおうと思って出かけたんじゃない。家を出たときは、飲むつもりなんか全然なかったんだ」

「じゃあ、なんで飲んだの？」

マッケイドはなかなか答えず、サンディは自分たちが暗闇に包まれていることを意識した。彼の目や表情を見て、何を考えているのか知りたい。

「バイクに乗っても気分がよくならなかったからだ」彼がようやく言った。

バイクに乗っても気分がよくならなかった……？　サンディの胸は失望に締めつけられた。マッケイドは一箇所に縛られて、息苦しさを感じている。こうなったら、なすべきことはひとつ。彼を自由にしてあげなければならない。「無理にここにとどまる必要はないのよ」せばまる喉を押し広げ、必死で平静な声を出す。顔の表情を隠してくれる暗闇が、いまはありがたかった。「今週末の撮影が終わったら、いつでもやめてくれていいわ。いきなりでも平気よ。そうね、二、三時間前までに言ってくれれば。だから罪悪感から無理にいてくれる必要はないの。行かなければならないなら、わたしはあなたなしでなんとかやっていくから」

その言葉が暗闇にこだました。彼なしでやっていくという言葉が。もちろんサンディは彼なしでもやっていけるだろう。

マッケイドは黙って横たわりながら、ボタンが宙を舞うさまを思い出していた。サンディは彼に出ていってもらいたいのだろうか？　だが、そんなことはとてもきけない。咳払いをしてみたが、ゆうべ何があったのか尋ねる言葉は出てこなかった。どうしても知りたいのに。サンディにキスをしたのか、彼女と愛しあおうとしたのか、マッケイドは何を言い、彼女はなんと答えたのか。

今朝起きてから、もう何度目だろう？　またしても、彼は記憶がないことを呪った。

熱くてたまらない。サンディの目から、触れてくる手から、重ねられた唇から、燃えるような欲望が伝わってくる。彼女に引き寄せられ、離した口をふたたび合わせると、一気に炎は大きくなった。

ふたりの服はいつの間にか消え、マッケイドは彼女に触れていた。天にものぼる心地だ。ずっとこれを待っていた。彼を求めてサンディが脚を開く。すると、もう待ちきれなくなった。ほとんど乱暴と言っていい勢いで押し入ると、彼女が声をあげた。その声は歓びにくぐもっている。

けれども突然、サンディが彼を押しのけた。

気がつくと、ふたりで彼女の車の中に座っていた。いつの間にか服を着ていて、サンディは泣いている。

しかし、彼女は泣きだしたときと同じくらい唐突に泣きやんだ。

そしてマッケイドをじっと見つめ、口を開いた。〝もしあなたが素面になってもまだわたしと愛しあいたかったら、そう言って。わかった？〟

マッケイドはモーテルの部屋の暗がりの中で体を起こした。心臓が胸の中で激しく打ち、呼吸の音が不規則にゼイゼイと響く。彼は両手で顔を撫でおろした。現実みたいに鮮明な夢があるというけれど、いまのはまさに真に迫っていた――。

彼は首を横に振った。いや、ありえない。まさかそんな。

もしかしてサンディは本当にそう言ったのかもしれないと考えると、静まりかけていた鼓動がふたたび速くなった。だがマッケイドは顔をしかめて、自分に言い聞かせた。いま見たのは単なる夢だ。そうに決まっている。

これまで何度も想像したり、夢を見たりしてきた。彼のベッドの中で、喜んで身を任せてくれるサンディを。でも目覚める直前に聞いた彼女の言葉は、はじめてのものだ。

サンディがすぐ横で眠っている。

彼女を起こしたくない。昨日の夜は、マッケイドが彼女の睡眠を邪魔してしまったのだ。しかしどうしてもサンディを腕に抱きたいという気持ちを抑えられず、体を包み込んで、彼女の頭を顎の下におさめた。

明日の朝、サンディと話そう。雨が降れば、夜明けとともにベッドから出る必要はない。腕の中で彼女が目を覚ましたら、自分は素面だと伝えて反応を見るのだ。

サンディがため息のように息を吐くのを聞きながら、彼は目を閉じた。彼女を腕におさめて甘い香りをかぎ、マッケイドは深い眠りへと落ちていった。

ぬくもりに包まれて気持ちよく夢を見ているサンディの眠りを、しつこく鳴り響く電話の音が破った。とうとう無視しきれなくなって目を開ける。

一瞬ののちにマッケイドも目を開け、サンディはさまざまな色が渦巻く彼の瞳をのぞいていた。彼が明らかに戸惑った表情になる。

鼻が触れそうなほど、ふたりは顔を寄せあっていた。しかも彼女は自分のものだと主張するように、マッケイドの首に腕をまわしている。さらに当然のごとく脚まで絡めあわせて。顔から火を噴きそうになり、サンディは彼から離れた。ああ、どうしよう。やってしまった。夜、眠っているうちにマッケイドに抱きついていたのだ。さりげなく赤い頬を隠せてほっとしながら、彼に背を向けて電話を取る。「カークです」

「おはようございます、ボス」フランクの明るい声が響いてきた。「六時になりました。起きてください。ぼくたち、ついてますよ。気温は一三度、快晴です。あとで調節できるように、重ね着してきてください。渓谷におりていく頃には、もっと暑くなりますから」

「ありがとう、フランク」

「それから、ボス？　ぼくの持っているリストにはクリント・マッケイドの部屋番号がないんですけど、どこにいるかご存じですよね？」

「ええ」サンディは目をつぶり、仕方なく答えた。もちろん彼女はマッケイドの居場所を知っている。腕を伸ばしたら届くところに、くしゃくしゃな髪に無精ひげのとんでもなく魅力的な彼がいるのだから。

「それならいいんです」フランクが言う。「では、あとで」

彼女はもつれた髪をかきあげながら電話を切った。マッケイドに背を向けたまま、ベッドから出る。

「サンディ」

振り向くと、彼が頬杖をついて見つめていた。まなざしが真剣で、重苦しいと言ってもいい表情だ。「話しあわなくては」

彼女は心が沈んでいくのを感じた。マッケイドはこの週末が終わったら出ていくと言うつもりなのだ。寝ているあいだにあんなふうに抱きつくなんて、気持ちを告白したも同然だ。彼はそれで余計に出ていきたくなったのだろう。

でも、いまはそんな話を聞きたくない。彼が行ってしまうと知りながら、一日を過ごすのはまっぴらだ。

「いまは無理よ、マッケイド」懸命にふつうの声を出してバスルームに向かう。「すぐに支度しないと朝食をとりそこねちゃう。朝食抜きでグランド・キャニオンを歩くなんて、絶対にごめんだわ」

サンディがバスルームに入ってきっちりドアを閉めると、マッケイドは詰めていた息を吐いた。いまいましいが、彼女の言うとおりだ。今日はこれから片づけなければならない仕事があり、ちゃんと話しあっている時間はない。彼は心に、こんなにもたくさんの思いを隠しているのだから。

9

サンディは今日一日の成果を祝してサイモン・ハーコートと握手をし、機材用のヴァンに乗り込んだ。積み込みはすでに終わり、国立公園の入り口にあるモーテルへと、もういつでも出発できる。

太陽は沈みかけており、汗と埃と酷暑に一二時間近くさらされていた彼女は、早くモーテルに戻ってシャワーを浴び、冷たいビールを飲みたかった。

フランクが運転席に座り、助手席とのあいだにクリップボードを放る。

「みんな、ちゃんと戻った？」サンディはきいた。

「ええ」若者は細い鼻の上部に眼鏡を押しあげた。バックミラーをのぞき、困ったような顔になる。「あ、全員じゃありませんでした。マッケイドはどこです？　あなたと一緒だと思っていたんですが」

「わたしたちは結合双生児じゃないのよ、フランク」むっとして言い返す。「腰の横でくっついてて、いつも一緒に動いているわけじゃないの」

「ぼくが思い浮かべていたのは、腰の横じゃありませんけどね」フランクがいたずらっぽく目を輝かせる。「ぶっちゃけた話をしていいですか？」

「いつからそんな許可を取るようになったの？」

「マッケイドに、もうちょっと賢く立ちまわれって言われたんですよ。だから、その言葉に従っているんです。許可をもらえますか？」

「さっさと言いなさい」

「ボスはすこぶる付きのいい女です」フランクが熱心に言う。「そしてマッケイドは、そんなボスに夢中なんですよ。彼がどんな目であなたを見ているか、気づかない人間はいませんん」

フランクの言うとおりだ。サンディも目は見えるので、もちろん気づいていた。マッケイドは一日じゅう、熱い視線を彼女に送っている。でもそれは、ジェームズ・ヴァンデンバーグにふたりが恋人同士だと思い込ませるためのゲームの一部なのだ。そして残念ながら彼女の部下たちも、ジェームズと一緒にだまされている。

「あと、これはマッケイドの助言に逆らうことになりますけど、言っちゃいますね――」フランクが続ける。「ボスのほうも同じような目でマッケイドを見ていました」

反論できなかった。フランクの言うとおり、サンディはマッケイドを見つめていた。どうしても目をそらせなかったのだ。とくに日中どんどん暑くなって、彼がTシャツを脱いでからは。マッケイドは重いカメラをかついでみんなの先頭に立ち、すばやく移動しながら撮影を繰り返していた。そうするとむき出しの背中や腕の筋肉の動きがいやでも目に入り、むさぼるように見つめてしまったのだ。誰も気づいていないと思って。

「マッケイドとボスは絶対に結婚するべきですよ」フランクが言う。

いきなり結婚の勧めとは。「アドバイスをありがとう、フランク」

「本当にお似合いですから」

フランクの目には、完璧な組みあわせに映っているのだ。マッケイドの演技力はすごい。そして彼女はただの間抜けだ。

「マッケイドはどこにいるのかしら。わたしもう、おなかがペコペコよ。喉もカラカラだし――」

彼女とフランクは同時に彼を見つけた。

マッケイドはグランド・キャニオンの端に立って、雄大な日没を撮っている。サンディはドアを開けてヴァンの外に出た。「すぐに戻るわ」

けれども足取りは、マッケイドに近づくにつれて遅くなった。一日の終わりに最後の輝きを放つ太陽を背にたたずむ彼の姿は美しい。

横に行って足を止めると、彼はカメラをおろした。だがサンディのほうを振り向かず、息をのむような景色を見つめつづけている。

「本当にきれいだ。現実のものとは思えない」

彼女はうなずいた。「こういう光景を見ると、合成した背景みたいだって思っちゃうの。特殊効果みたいって。自然がこれほど雄大で――完璧な光景を作り出せるなんて、脳が信じるのを拒否しているんだと思う」

「本当に完璧だよな」マッケイドは頭を振りながら笑い、ようやく振り返って彼女を見おろした。「たぶん、だからこそおれは怖いんだ。目の前の光景は完璧なのに、完璧なんてものをおれは信じちゃいない。だから、この光景を信用できないんだよ。ずっと見ていたら、そのうち溶けて消えるんじゃないかと思ってしまう。わかるかい?」

サンディが見あげると、彼の髪はくしゃくしゃになり、首のうしろの部分が汗で濡れていた。強い砂漠の日差しで一段と濃さを増した肌に青い目がさらに映え、シャツを脱いでむき出しになったたくましい胸は、トレイルの土埃でうっすら覆われている。

「ええ、よくわかるわ」彼女はヴァンのほうを向いた。「さあ、行きましょう。ビールをおごるわよ」

「いや、ビールはいらない。おととい飲みすぎてから、まだ回復していないんだ」

「じゃあ、ソーダをおごるわ」

マッケイドはまだ、サンディとここにいたかった。この機会を利用して素面だと伝え、反応を見たい。そこにこめられた意味に彼女が気づくかどうかを。けれども一方で、確かめるのが怖くもあった。〝もしあなたが素面になってもまだわたしと愛しあいたかったら、そう言って〟という言葉が、ただの夢だったら？

「サンディ――」しかし時はすでに遅く、サンディはヴァンに乗り込んでいた。運転席にはフランクがいて、いまはもう話しあうのは無理だとわかる。

今夜話をしようと、マッケイドはカメラをヴァンに積み込みながら考えた。今夜必ず、サンディとふたりきりになれるときが来る。そうしたら、自分の気持ちを打ち明ける勇気をなんとか奮い起こそう。最悪のシナリオは、彼女があの美しい目に哀れみを浮かべることだ。そんなことになったら何か言い訳を考えて、週末が終わるとともに出ていこう。ハーレーに飛び乗ってここを去り、傷ついたプライドと粉々の心を抱えたまま、ひとり寂しく生きていく。でも、もしうまくいけば……。

国立公園を出る長い道をひた走る車の後部座席で、マッケイドは微笑んだ。

「何がおかしいの？」サンディがきく。

彼は黙って首を横に振った。

「すごいな」サンディの前にステーキの皿と空のジョッキがいくつも並んでいるのを見て、マッケイドは言った。「ベイビー、そろそろやめておいたほうがいい」

彼女はあとからモーテルのレストランに入ってきて隣に座ったマッケイドに眉をあげて

みせ、ジュークボックスの音に負けないよう声を張りあげた。「何よ？　まさかお酒に関して、あなたがお説教するつもり？」

「おれの失敗から、きみは学んだんじゃないのか？」彼はそう言って、自分の夕食に取りかかった。モーテルに戻って急いで浴びたシャワーのせいで、まだ髪が濡れている。「ふだん、きみは二杯目だってめったに飲まないだろう。四杯なんてなおさらだ。このまま飲みつづけたら、部屋にかついで帰らなくちゃならなくなる」

目の前に並んだジョッキのうち三つは水が入っていたのだと言いかけて、サンディは思い直した。マッケイドには好きなように信じさせておけばいい。疲れているうえに、いいかげん欲求不満がたまっているし、このあと彼とベッドを共有する部屋に戻るのが怖くてたまらない。

彼女は流れている音楽に身をゆだね、余計な考えを頭から締め出そうとした。

誰かがテーブルをいくつか寄せて作った長いテーブルのまわりに、〈ビデオ・エンタープライズ〉のスタッフが座っている。

サンディはマッケイドが食事をしながら彼女を見つめているのを意識しつつ、素朴なレストランに気を取られているふりをした。

内装を考えた人間が、審美的観点ではなく経済的な理由から照明を暗くしたのは明らかだ。粗削りな板で作った素朴な壁と、ほどよく摩耗した木製の床は、少なくとも昼間に太陽の光が差し込んでいる時間帯や照明をもっと明るくしているときは、客たちの目をもう少し引くだろう。でも、いま建物の前部にある大きな窓から入ってくる薄暗い光だけでは壁も床もよく見えず、サンディの視界には壁の一面に並ぶボックス席と、反対の壁際にあるよく磨かれた長い木のカウンターだけが存在していた。奥にあるジュークボックスは洞窟のような室内で唯一異質な光を放っているものの、チカチカする光に合わせて流れ出すカントリーミュージックが耳に入らなければ、気づきもしなかったに違いない。かたわらにはダンス用の狭いスペースまである。

マッケイドが皿を押しやり、椅子にもたれた。サンディの肩に腕をまわして、耳に口を寄せる。「ジェームズが入ってきたぞ」

彼女は顔をあげた。本当だ。ジェームズがカウンターの前に立って、ボランティアのメンバー数人と話している。

マッケイドに目を向けたサンディは、彼の熱い視線に一瞬動揺した。だが彼がいつもの皮肉っぽい気取った笑みをちらりと見せると、ふいに怒りに駆られた。もうこんなゲームはたくさんだ。これ以上、続けたくない。

彼女がいきなり立ちあがったので、肩にかかっていたマッケイドの腕が落ちた。

「ちょっと失礼」ジョッキをかき集めてカウンターに向かう。

もう何日かしたら、マッケイドは出ていく。サンディに愛されていると知ったら、二度と戻ってこないかもしれない。そうなるのは怖いけれど、このまま自分の気持ちを伝えずに彼を行かせるのはもっといやだ。言葉にするのが無理なら、態度で示すこともできる。そうだ、態度で気持ちを伝えよう。

ビールを注文する彼女を、マッケイドがじっと見つめている。これが五杯目だと思っているのだ。本当はまだ二杯目なのに。彼の様子に、サンディは子どもじみた満足感を覚えた。マッケイドには誤解させておけばいい。うまくいけば、彼に抱きかかえられて部屋に戻れるだろう。ゲームのルールは変わったのだと、サンディは彼と目を合わせて考えた。マッケイドは結局、彼女のもとを去っていくのかもしれない。それでも、何を失うのか知らせないまま行かせはしない。

「カサンドラ」肘をついてカウンターに寄りかかっているジェームズが微笑みかけてきた。「今日の撮影はうまくいったね」

彼女はマッケイドについて考えるのをやめて、笑みを作った。「ええ、本当に。あとで映像を見るのが待ちきれないわ」

「明日の予定は？」彼が尋ねる。

「やあ、ジェームズ」

横を見るとマッケイドが立っていた。彼もカウンターにもたれているが、サンディを囲い込むように腕を伸ばしている。直接触れてはいないものの、自分のものだと主張しているのだ。

ジェームズが愛想よくうなずいた。「やあ、マッケイド」

サンディはビールをひと口飲むと、邪魔など入らなかったかのようにジェームズに向き直った。「明日はミスター・ハーコートの別荘にうかがって、その周辺で撮影をするつもりよ。ご家族でバーベキューをしている様子とか」

ジェームズが顔を曇らせる。「天気予報によれば、今夜は雨が降るらしい。明日の午前中いっぱいは降りつづけるそうだよ」

「じゃあ、明日はお天気次第ね」

「ハニー、きみのビールをひと口くれないか？」マッケイドが彼女の返事を待たずにジョッキを奪い、一気に飲み干した。

ハニーですって？　サンディは空っぽのジョッキを受け取りながら、信じられない思いで彼を見つめた。「マッケイド――」

「ちょっと踊らないか？」彼はジョッキをもう一度サンディの手から取り、カウンターの上に置いた。「悪いが失礼させてもらうよ、ジェームズ」ジュークボックスの横にあるダンスフロアに彼女を引っ張っていく。

「わたしのビールを全部飲んじゃうなんて！」サンディは声を荒らげた。「今夜は飲まないんじゃなかったの？」

「きみはもう、じゅうぶんすぎるほど飲んだだろう」

有無を言わさずマッケイドに腕をまわされた彼女は、抵抗しようとしてすぐに体の力を抜いた。彼に抱きしめられたいと思っていたはずだ。望みどおりの場所にいるのに、どうして抵抗する必要があるだろう？

ふと目をあげ、さっきまでみんなが座っていたテーブルが空っぽになっているのに気づいた。「ねえ、みんなはどこへ行ったの？」

「ここから四五分ほど行ったところに、バーを備えたライブハウスがあるらしい。おれたちも一緒にどうかって誘われたけど、きみは行きたがらないだろうと思って」

「きいてくれてもよかったでしょう？　どうして何も言わなかったのよ」

マッケイドは最初に思いついた言い訳に飛びついた。「ジェームズがここにいるからさ」本当はサンディと話しあう機会を逃したくなかった。すでに彼女は飲みすぎていて、話しあいなんかできる状態ではないかもしれないが。

「わたしのボディランゲージ、読み取れる？」サンディは冷ややかな笑みを作り、彼を見あげた。視線を合わせ、目を細めてみせる。

「おれに腹を立てているみたいだ」しばらくしてマッケイドが言った。

サンディは彼に握られていた手を引き抜いた。マッケイドの首に両手をかけて握りあわせる。すると胸が触れあうくらいふたりの距離が縮まったので、親指で彼の首のうしろをそっと撫でた。

「このほうがいい？」

「サンディ、これはあんまり――」

彼が言いかけるのを無視して頭を引きおろし、伸びあがって唇を合わせた。

マッケイドは二秒で降参したので、ゆっくりと時間をかけて心ゆくまでキスをする。

「いまのボディランゲージはどう？」軽い調子できこうとして、息が切れてしまった。

彼の声もいつもとは違った。「気をつけたほうがいい。自分がどういうメッセージを送ってるか、ちゃんとわかっているのか？」

マッケイドはまだ、彼女がジェームズを意識していると思っているのだ。彼にキスしたのは、そのためのゲームなのだと。こんなゲームはきっぱり終わらせよう。

「ジェームズはもう、あなたとわたしが一緒に暮らしていると知ってるわ。だからわたしがあなたにキスするのを見ても、いまさらショックを受けるとは思えない。それにあなたは前に、誰でも人のものを欲しがると言ってたでしょう？」サンディは視線をわざとマッケイドの口に落とした。彼のキスはすばらしい。情熱のこもったキスに何も考えられなくなる。

マッケイドはなんとかダンスを続けていた。サンディはジェームズがどう思うか彼が気にしてると思っているが、それは違う。マッケイドは自分のことしか考えていなかった。

彼女には自分に対して下手なメッセージを発信しないように注意したのだ。

サンディはいまマッケイドを見つめ、キスしてほしいというシグナルを送ってきている。なぜだろう？　ジェームズが見ているから？　それともただ、ボディランゲージを使ってメッセージを送る練習をしているだけ？　あるいは、まさか本当にキスしてほしいと思っているのか？

ありえないと思いつつも、最後に考えたことが答えであるようマッケイドは祈った。サンディの気持ちを探ろうと、目の奥をのぞく。これがただのゲームではないと示すようなものが、ちらりとでも見えないだろうか？　彼女の目には熱い欲望が見える。でも、同時に不安も浮かんでいるのがわかった。サンディは自らに自信を持てずにいるのだ。自分の魅力を疑っていて、マッケイドが彼女を求めていないのではないかと恐れている。だから彼が少しでもためらったり、キスするのが遅れたりすると、その不安がふくれあがる。

そんな彼女の姿を見ているのが、マッケイドは耐えられなくなった。

顔をぶつけるような勢いで唇を重ね、そのままサンディをひとけのない隅に連れていく。

彼女は背中が壁にぶつかるまで、移動していることに気づかなかった。進めなくなってもマッケイドはキスをやめず、どんどん体を押しつけてくる。

頭のうしろをつかまれて延々と続けられる濃厚なキスに、サンディの体は火のように燃えあがった。全身の血が沸き立ち、体の奥で何かが溶けていく。

マッケイドは彼女の腰をつかまえ、力任せに引き寄せている。高まった彼のものが当たる感触に、サンディは息をのんだ。マッケイドは本当に彼女を求めているのだ。目がくらむような幸福感に襲われて、激しくキスを返す。

腰を強く押しつけると彼がうめいた。欲望がにじむ低く官能的な響きに、うれしくて笑いだしそうになる。たしかにマッケイドは彼女を求めているのだ。

マッケイドの頭の中はグルグルまわっていた。もう、そう長くは我慢できそうにない。バーの暗い片隅では、ふたりの姿は溶けあって影にしか見えないから、暗闇に紛れて思う存分キスできる。だが、キスだけでは足りなかった。彼女に触れたい。服をはぎ取って、互いを隔てるものがない状態で抱きあいたい。

しかしサンディとのあいだには、服だけではない障壁がある。だから話しあわなければならない。それなのにマッケイドが体を引いたとたん、彼女がすぐにまた口を合わせ、彼のTシャツの裾から両手を差し入れた。火照った肌に彼女の指を感じた衝撃で、思わず息をのむ。彼女は声もなく笑いながら背中を撫であげ、片脚をマッケイドの脚に絡めた。

「サンディ……」マッケイドはささやいた。ジーンズの生地にさえぎられていても、彼女の脚のあいだの部分の熱が腿に伝わってくる。自分が何をしているのか、サンディはわかっているのだろうか？　いったいどれだけ飲んだのだろう？　四杯だと思い出して、彼は絶望に目を閉じた。彼女は明らかに飲みすぎている。ちくしょう、こんなのはフェアじゃない。「これ以上、ここで続けるわけにはいかないよ」

「じゃあ、出ましょう」

さっと笑みを浮かべたかと思うと、サンディは彼の手を取って出口へと向かった。

違う、そういう意味で言ったんじゃない。席に戻り、彼女とのあいだにテーブルをはさんでひと息つきたかったのだ。テーブルがあれば、サンディを引き寄せたいという衝動に負けずにすむ。そして話しあいたい。というより、彼女が話しあえる状態か確かめたい。

「ベイビー、待ってくれ」

けれどもサンディは重いガラス製のドアを抜け、レストランの外にある木製のポーチに出るまで足を止めなかった。

夜の戸外は涼しく、周囲に生えている松の木の香りがした。サンディは深呼吸をして、バーに雲のように垂れこめていた煙草の煙を肺から追い出した。つないだマッケイドの手が湿っている。まさか、これは彼女のせいなのだろうか？　横を見ると、彼の耳の前を汗が伝っていた。サンディは微笑んだ。やっぱりそうだ。マッケイドは彼女のせいで汗をかいている。

「サンディ」彼がいつもよりしゃがれた声を出し、咳払いをした。「聞いてくれ、おれは――」

「マッケイド、黙ってキスして」彼の言うことなど聞きたくなかった。マッケイドには余計なことを考えたり、行きつくところまで行ったあとどうなるか分析したりしてほしくない。すべてが終われば、考える時間はたっぷりあるのだから。

駐車場にまばらに立つ薄暗い街灯の投げかける光の下で、マッケイドの顔は陰になっていて、何を考えているのかまるでわからない。

サンディは雲の上を歩いているような、ふわふわした気分だった。自分が本当に彼を誘惑しようとしているなんて信じられないけれど、現実にいまそうしている。もしこのままマッケイドをポーチから連れ出して駐車場を横切り、階段をのぼって部屋まで連れていけたら、彼が何に襲われたのか理解できずにいるうちに押し倒してしまおう。

そうしたら、いずれ彼が去っていってもベストを尽くしたと思える。自分の気持ちはちゃんと伝えた、と。

マッケイドはまだ彼女を見つめている。何を差し出してもいいから、彼が考えていることを知りたい。いまわかっているのは、彼がサンディを求めているという事実だけだ。ありありと欲望が浮かんでいる顔や、ジーンズの前を隠すようにポケットに突っ込んでいる手を見れば、それは疑いようがない。

彼はサンディを求めている。そう確信できたことで、しぼむ一方だった彼女の自信は見る見るうちにふくれあがった。

「さあ、来て」サンディはささやいた。ふたりのあいだの距離を縮めようと、彼の手をそっと引く。「もう一度キスしてほしいの」

「なぜ？」

マッケイドの目を見ると、その視線の強さに彼女は動けなくなった。愛しているからだと言いたいのに、どうしても言葉が出てこない。

「ジェームズが見てるから」臆病にもそう告げて、バーのガラス窓を示した。

求めていたのとは違う答えに、マッケイドは失望を見て取られないよう目をそらした。

ジェームズは少し堅苦しすぎるところはあるものの、なかなかいい男だ。しかしいまこの瞬間、マッケイドはこんなにも誰かを嫌いだと思ったことはなかった。

サンディに首に腕をまわされ、思わずうめいてしまう。こんなことはやめてくれと言おうとしたのに、彼女がすばやく伸びあがって唇を押しつけてきた。

そうなると、もう抵抗できなかった。目を閉じてキスを返し、稲妻のように体を貫く感情に身を任せる。どうしようもなくサンディを愛しているのだ。涙がこみあげ、まぶたの裏を刺激した。彼女を押しのけて足を踏み鳴らし、こんなふうに利用しないでくれと叫びたい。でも、サンディとキスしたいという気持ちは抑えられなかった。キスを続け、彼女のいいように身をゆだねたいという気持ちは。

だからマッケイドはキスをした。何度も何度も。サンディと同じ切実さと情熱で。彼女がやめてと言ったらやめられるように祈りながら。そんなことを彼女が言わないように祈りながら。

激しい欲望にのみ込まれつつも、マッケイドはいつの間にか自分たちがポーチからおり、駐車場を横切って階段の下まで来ていることに気づいた。サンディが彼の手を引き、先に立って階段をあがっていく。だがマッケイドはキスを続けたくて、彼女のウエストをつかんで引き寄せた。サンディを愛している。頭がどうかなりそうなほど愛していると、とっくの昔に伝えているべきだったのに。舌を差し入れ、彼女の口の中を味わう。何週間も隠してきた感情に屈して、マッケイドは彼女をむさぼった。

一瞬、切ないまでの希望がこみあげた。何をしなければならないかはわかっている。部屋に入ってふたりきりになったら、本当の気持ちを伝えるのだ。もしサンディが飲みすぎていて、彼の言葉を理解できないようなら、彼女をベッドに入れてそのまま寝かせる。そして朝になったらちゃんと話す。起きたらすぐに。六時のモーニングコールに関係なく。午前中の撮影予定は無視して。

サンディに体を押しつけられてこわばった下腹部を刺激され、息が止まった。驚いたことに、彼女はマッケイドが興奮していることに気づいている。でもよく考えれば、驚くほうがおかしい。ばれるのは当然だ。盛大にジーンズの前をふくらませているのだから、気づかないわけがない。

それなのにサンディはキスも、体を押しつけるのもやめようとしない。そのボディランゲージの意味は明らかだ。

マッケイドは窒息しそうになってうめき、彼女を勢いよく抱きあげた。一段抜かしで階段を駆けあがり、あっという間に二階に着く。

部屋のドアの前で彼にやさしくおろされたとき、サンディの心臓は激しく打っていた。マッケイドの目に浮かんでいるものを見るのが急に怖くなり、彼の首にまわしていた腕を引き寄せて、ふたたび唇を合わせる。彼がポケットから鍵を出し、鍵穴に差し込んでまわす音が耳に届いた。

ドアが大きく開き、ふたりは中に入った。マッケイドが薄暗い光の中で彼女を見つめる。彼はサンディから離れたわけでも、まわした腕をほどいたわけでもなかったが、彼女はマッケイドの気持ちがスッと引くのがわかった。

ドアもカーテンも閉まっているので、ジェームズ・ヴァンデンバーグに透視能力があるわけでもないかぎり、もう彼を言い訳には使えない。マッケイドが腕をはずすと、サンディには選択肢がなくなった。彼に本当の気持ちを打ち明けなければならない。

彼が精悍《せいかん》な顔に笑みのかけらも見せないまま、サンディから離れる。

いまよ。いますぐ言いなさい。

彼女は離れていくマッケイドに合わせて前に踏み出し、距離が空きすぎないようにした。大きく息を吸って言葉を押し出す。「やめないでと言ったら、どうする？」

彼が凍りついたように動きを止めたので、もう一歩前に出た。ふたりのあいだはもう一〇センチくらいしか離れておらず、体の熱が伝わってくる。すぐにもキスができる距離だが、マッケイドは手を伸ばそうとも触れようともせずに彼女をただ見つめ、空気が電気をはらんだみたいに張りつめていた。

「きみに理由をきくべきだと思う」彼はゆっくりと慎重に言った。「このままやめないほうがいいと思えるちゃんとした理由がないなら、いまのせりふは飲みすぎたせいだと思って無視するよ」

マッケイドの目は信じられないくらいきれいだ。青の中に金と緑が散っている。その瞳を見つめていたサンディは、視線が彼女の口にちらりと向けられたのに気づいた。せいぜい一秒か二秒。それでもマッケイドの無意識のメッセージは明白に伝わった。彼はサンディを止めるようなことを言っているけれど、本当はキスしたいのだ。

それがわかると、これからの行動に必要な自信がわいてきた。「クリント」声を張ろうとしたがささやきに近くなり、しかも震えてしまう。「ちゃんとした理由ってどういうもの？例をあげてみて……」

舌で唇を湿らせると、彼の視線がふたたびそこに向けられ、今度はそのままとどまった。

「そうだな」かすれた声で言う。「たとえば、おれが欲しいとか。ジェームズではなくて、おれを。それなら立派な理由だ」

「じゃあ、わたしがそう言ったら、あなたはなんて返すの？」

マッケイドは一瞬目をつぶったあと、まっすぐに彼女を見た。「おれはきみを愛している。だからサンディ、おれが欲しいと言われたら、愛していると返すよ」

彼がわたしを愛している。クリントがわたしを。サンディは息ができなかった。必死に集中して息を吸い、吐き出す。

「それから、きみは飲みすぎていないし、自分が何をしているのかちゃんと理解していると納得できたら、ベッドに連れていって愛しあう」

サンディはマッケイドの目をじっと見つめた。〝愛しあう〟という言葉が部屋にこだましているような気がする。

沈黙が一分近く続いたあと、彼はサンディがしゃべるのを待っているのだと気づいた。彼女が返す番なのだ。

「ビールは一杯しか飲んでいないわ」

マッケイドがいぶかしげな顔をする。「でも――」

「テーブルの上にジョッキをいっぱい並べていたけど、そのほとんどには水が入っていたの。わたしは素面よ。あなたは？」

〝もしあなたが素面になってもまだわたしと愛しあいたかったら、そう言って〟

ふたりは見つめあった。「あれは夢じゃなかったんだな、そうだろう？」

サンディはうなずいた。

「おれも素面だ」マッケイドがにやりとすると、日焼けした顔に白い歯がのぞいた。「生まれてこのかた、こんなに素面だったことはない」

「じゃあ……やめないで」彼女はささやいた。「わたしを愛して、クリント」

「なぜ？」さっきそうすると言ったとおりに、マッケイドが尋ねる。

サンディは下を向いて、自分がどんな格好をしているかチェックした。真剣な顔で腕の力を抜き、手のひらを上にしてマッケイドに差し出す。「あなたが欲しいから。あなたを愛しているから」

彼が足を踏み出したので、サンディも前に出た。マッケイドの目に涙が光っているのが見え、驚いて息を止める。彼がサンディを抱きしめてキスをした。けれど予想していたような性急さはなく、いまや全世界が自分のものになったとでもいうような、ゆっくりとしたやさしいキスだった。

「おれもきみを愛してる」彼がふたたび長く深いキスを始めると、サンディは足の下で部屋がグラリと傾いたような気がした。

マッケイドがやさしい手つきで、彼女のシャツのボタンをひとつずつはずしていく。指先で肌をかすめてやわらかいコットンの生地を開き、裾をショートパンツのウエストから引っ張り出した。

「変な感じ」頭を振りながら言う。「あなたのことはとてもよく知っているのに――」

「ああ、そうだな」マッケイドが同意した。「だけど、すてきに変な感じだ」

編み込んでいたサンディの髪はとっくにほどけていて、彼はキスをしながらその髪に指を通した。

それから彼女の手を取ってベッドへと導く。手を離し、Tシャツを脱いで床に放った。

「わたしの足に釣り針が刺さっちゃったときのこと、覚えてる？」サンディは唐突にきいた。

ぱっとあげた彼の顔には驚きが浮かんでいる。サンディはベッドに座ってブーツを脱ぎ、彼に手を伸ばしてしまわないよう、膝を引き寄せて胸の前で抱えた。

Tシャツを脱いだマッケイドの日焼けした胸が、ランプの光を受けて輝いている。影が筋肉を際立たせ、たくましく力強い男に見せていた。

彼はサンディの隣に座り、リラックスした笑みを浮かべた。そうすると、まるで魔法のようにマッケイドがいつもの彼に戻った。昔から知っている、一番の親友であるマッケイドに。魅力的な筋肉や熱い欲望をたたえた目は変わらないけれど、こんなふうにいかにもくつろいで無造作な雰囲気に戻った彼は、さっきまでほど威圧的ではない。「たしか、きみが一四になった夏だったな。おれがおぶって病院に連れてったんだ。五キロ近く歩いて。きみはずっと泣き叫んでいた」

「どんなにひどい傷なのか、怖かったのよ。ものすごく痛かったから」彼女は弁解した。

頬杖をついたマッケイドは、反対側の手を伸ばしてサンディのつま先にそっと触った。「それなのにようやく家まで送っていったら、怒り狂ったきみのお母さんに二度と来るなって追い返された」彼女の目を見て微笑む。「かわいい娘の足が包帯でグルグル巻きになっているのを見たショックからお母さんが立ち直るまで、出入り禁止になったんだ」

サンディはつま先を撫でつづけている彼の手を見おろした。こんなささいな手の動きが、どうしてこれほど官能的に思えるのだろう？「あの晩、あなたは非常階段からこっそりわたしの部屋に来たわよね」

「きみが心配だったからね」マッケイドはにやりとした。「きみのお母さんがあんなふうに騒ぎ立てるから、破傷風かなんかで死ぬんじゃないかと思ってさ。きみがお墓に入る前に謝らなくちゃって」

「あのとき、あなたがわたしになんて言ったか、覚えてる？」

彼が首を横に振る。「いや」

「そもそも、釣りになんか行くべきじゃなかったって言ったのよ。ばかげた考えだった、きみがけがをしたのは全部おれのせいだって」

マッケイドは肩をすくめた。「もしかしたら、おれだけのせいじゃなかったのかもな」彼女に小さく笑いかける。「きみはいつも足元なんか見ちゃいなかったからね。だけど釣りに行くというすばらしいアイデアをおれが思いつかなかったら、釣り針は刺さらなかったというのも事実だ」

「それを言うなら、わたしが生まれてきていなかったら、けがもしなかったわ」サンディは険しい声を出した。「どうしてあのあとまた釣りに行かなかったのかと思うと、腹が立ってしょうがないのよ」

彼がつま先を撫でていた手を止めた。顔をしかめてベッドカバーを見おろす。

「おれは釣りなんてするような柄じゃなかった。桟橋の先に座り、魚が泳いできて餌に食いつくのをひたすら待つなんてさ。だからきみがけがをしたあと、また試してみようって気にならなかったんだ」マッケイドが顔をあげて、探るように彼女を見た。「なんだっていま、釣りの話なんだ？」

目をつぶって正直に答える。「どうしたらいいかわからないから。怖いの」

マッケイドが一瞬口をつぐんだ。

「おれも同じだ」しばらくして言う。「だけど、いやな怖さじゃない。ジェットコースターに乗っているときみたいな、スリル満点のワクワクする怖さだ。わかるか？」

サンディにはわかった。でもジェットコースターは、いつもあっという間に終わってしまう。

マッケイドがうつぶせに転がり、手を伸ばして彼女を隣に引き倒した。そして甘いキスを始めたが、そこには頭がクラクラするような情熱がこめられていた。

サンディは気がつくと彼に応えていた。そうしなければ死んでしまうとでもいうように、マッケイドの首にしがみついて体をすり寄せる。ジェットコースターに乗っているときみたいだと彼は言った。彼女もジェットコースターは大好きだ。だけど、その〝大好き〟はいろいろな思いの混じった複雑な感情で、ゆっくりと上にのぼっていくときは怖くてたまらないし、一気に落ちていくときは拷問にでも遭っているようだ。それなのに、いつの間にかまたジェットコースターに向かってしまう……。

「どうした、サンディ？」静かな声が、彼女を物思いから引き戻した。目を開けると、マッケイドが真剣な顔で見おろしている。彼はこちらの感情の動きを見抜いているのだ。「急いで進む必要はないんだ。もっと待ってからでもいい」

サンディが見つめ返すと、彼が目をぐるりとまわして微笑んでみせた。少しゆがんだその笑みはすごくマッケイドらしくて、彼女は思わず笑顔になった。「おい、いまのせりふは本当にこの口から出たのか？　こんなことをおれが言うなんて誰が信じる？　なあ？」照れたような笑みが薄れ、代わりに飢えにも似た欲望が彼の目に浮かぶ。「本当は待ちたくなんかない。きみが欲しいんだ。これからきみを愛そうと思っているようなやり方で、誰かを愛したことは一度もない」彼は大きく息を吸って、勢いよく吐き出した。「でも、きみの心の準備がまだできていないなら――」

「クリント、ひと晩だけっていうのはいやなの」口から言葉が転がり出た。

マッケイドが口をつぐんで彼女を見おろす。「さっき愛してると言ったのは本気だ。おれもひと晩だけなんていやさ。いつまでも一緒にいたい」

〝いつまでも〟という言葉に驚いて、サンディは彼を見つめた。もちろんマッケイドにとっては、三カ月以上のつきあいは〝いつまでも〟ということになるのだろう。それ以上の関係を期待してはいけない。それでも彼がこの夏ずっと、あるいはもう少し長くとどまってくれるのではないかという希望がサンディの中でふくらんだ。いつかは必ず、どこまでも続く道の誘惑にあらがえなくなり、去っていくとしても。

それでも、クリント・マッケイドがいま与えてくれるものを逃すつもりはない。

サンディはキスをしながら、彼を自分の上に引きおろした。脚を開いて、さらに抱き寄せる。マッケイドが苦痛と喜びが入りまじったようなうめき声をもらし、頭をあげて彼女の目をじっとのぞき込んだ。

「きみにはちゃんと納得してから進んでほしい。本当におれでいいんだって」

「納得してるわ」これまでマッケイド以上に欲しいと思った男性はいない。自信を持って、そう言える。だから彼が去っていったあとは、彼の半分でも欲しいと思える男性を探して残りの人生を過ごすことになるだろう。そしてそんな男性ですら、きっと見つからない。

でも、それはまだまだ先の話だ。

サンディは微笑んだ。「いま疑問に思っていることがあるんだけど、何かわかる?」

マッケイドが黙って首を横に振る。

「わたしたち、なんでまだ服を着たままなのかしら」

彼の体から力が抜け、ゆっくりと顔に笑みが広がった。「それならなんとかできる。ただしきみが、そうだな……たとえばおれたちがはじめてボウリングに行ったときのことを話したいなんて言いださなければ」

思わず噴き出した彼女に、マッケイドが所有欲もあらわにむさぼるようなキスをした。口の中に深く舌を差し込まれ、彼女の笑いが歓びのうめきに変わる。

彼は言ったとおりに、すぐにふたりの体から服を取り去った。素肌に触れるマッケイドのあたたかい体の感触は、想像していたよりもすばらしかった。鋼のようにかたい筋肉を包む日焼けしたなめらかな肌の上を、口と手を使って探索する。彼のほうもじっとしているわけではなく、やさしい手つきでゆっくりと時間をかけながらサンディの体を探り、愛撫していた。胸に唇をつけ、先端を舌で丸くなぞり、火矢のような快感を送り込んでくる。

いまや彼女の心はマッケイドでいっぱいだった。でも、それだけでは足りない。体も彼で満たしてほしい。そこでサンディは手を下に伸ばして、かたくそそり立ったものに触れた。マッケイドが声をもらして彼女の胸をきつくつかむ。サンディは快感に貫かれて、これ以上は一秒たりと待てなくなった。

握ったものを入り口へと導きながら、受け入れやすいように腰を持ちあげる。

だが、マッケイドは彼女が思いどおりにできないように体を引いてしまった。そしてわざと時間をかけてたわむれるようにキスをしながら、手を滑らせて平らな腹部を越え、その下に続く秘めやかな場所へと指先をもぐり込ませた。軽やかに動く指の感触に、サンディは思わず声をもらして背中をそらし、彼の手に身を押しつけた。もっとちゃんと触ってほしい。こんなやさしい触れ方では満足できない。

「お願い」彼女はささやいた。「お願い、クリント。もう無理よ。いますぐ来て」

性急な声音に、マッケイドはもつれる指でジーンズを探った。ポケットの中の財布に、ハーレーに飛び乗ってサンディのいるフェニックスを目指した夜に用意したコンドームが入っている。

彼は小さな包みを見つけると、すぐに中身を取り出して体を起こした。

サンディは枕にもたれてマッケイドを見守っていた。彼女の顔のまわりには髪が金色の雲のごとく広がり、肌はやわらかな光を受けて輝いている。体には水着の跡がうっすら残っていて、胸に三角のクリームみたいな白い部分があった。その中央にある濃いピンク色の頂が、彼に触れられるのを待っているかのように立ちあがっている。

コンドームをつける様子を興味深げに見つめられて、彼の張りつめた部分はますますかたくなった。サンディがちらりと目を合わせて微笑むと、その期待に満ちた表情が彼女の顔をますます美しく見せた。

「朝起きて、これが全部いつものエロティックな夢だったとわかったら、すごく落ち込むわ」

「ああ、ベイビー、いったいいつからおれとエロティックなことをする夢なんて見ていたんだ？」マッケイドはからかい、四つん這いで彼女にすり寄った。

サンディはしまったという顔で目を伏せたが、正直に答えた。「一〇年くらい前かしら」

「そんなに前から……？」彼は驚いた。「信じられないよ、カーク。全然気づかなかった」

「気づくはずないわ」彼女が足を伸ばして、マッケイドの腕につま先で軽く触れた。「あなたに言うつもりもなかったし、つい最近まで、ボディランゲージなんてまるで知らなかったんですもの」

彼はにやりとして、サンディの裸の体に目を這わせながら、獲物を前にした肉食獣さながらにふたたび前進を始めた。「どうやらきみは、コミュニケーション能力の不足という問題を克服したようだな。いまのきみからは、思っていることがボディランゲージでちゃんと伝わってくる」

彼女は笑った。「わたしは真っ裸でベッドの上に横たわっているのよ。これで思っていることが伝わらないようでは救いようがないわ」

「きみはおなかがペコペコなんだろう。ピザを注文して、カントリーミュージック・チャンネルを見たいと思っている」

サンディは枕で彼を叩いた。

「ごめんごめん、冗談だ」マッケイドは言い訳をして、また叩かれないようにサンディをつかまえた。

上に覆いかぶさり、片手で彼女の両手を頭の上に押さえつける。そうやって目をのぞき込むと、やわらかな胸や腹部の感触が伝わってきた。

「本当にわたしを愛してる?」サンディがささやく。

「ああ」かすれた声で答えた。「本当に愛してるよ。そんなに信じられないのか?」

彼女は黙ってマッケイドの目を見つめていたが、やがて笑いだした。「うーん、そうね。正直に言って信じられない。納得させてくれる?」

鼻がくっつくくらい顔を寄せたまま、彼は微笑んだ。サンディにキスをして、その口の甘さを存分に味わう。「愛してるよ」キスの合間にささやいた。「愛してる。愛してる」

彼女はなんてやわらかくて甘いんだろう。彼の首に腕をまわし、髪をもてあそびながら、ひとつひとつのキスに情熱的に応えてくる。

「納得したかい?」マッケイドはささやき、両手で彼女の体を撫でおろした。

「まだよ」胸に口をつけられて、サンディはあえいだ。

彼女はすっかり熱くなっていた。マッケイドも同じで、性急な口の動きに、余裕のなくなった触れ方に、目に浮かぶ情熱的な光にそれが表れている。

サンディは彼の体に脚を絡め、さらに引き寄せた。もっともっと彼とくっつきたかった。おなかに感じるかたいものも、彼がほんの少し動いてくれれば中に入るのに。

彼女がふたたび腰を持ちあげると、今度はマッケイドも体を引かずに一気に突き入った。隅々まで満たされて、サンディは生まれてはじめて自分に欠けているところがなくなった気がした。彼女を見おろしているマッケイドが、ひとつになったまま微動だにしなくなる。肩も腕もかたくこわばらせて、何かに耐えているかのようだ。

「本当にあなたとちゃんとここまでたどりつけるのかしらって、思ってたわ」サンディはとぎれとぎれに言った。「もしかしたら、前戯だけで一生が過ぎちゃうのかもって」

「釣りの話とかで？」彼の声も妙に張りつめている。「釣りの話を始めたのはきみだ、そうだろう？」

彼女が笑い、その動きでつないだ部分を刺激されて、マッケイドは鋭く息を吸った。

「サンディ、おれはきみをゆっくり愛したいんだ」彼はささやいた。「一瞬一瞬を味わいながら、何時間でもこうしていたい。それなのに、ベイビー、きみのせいでもう爆発しそうだよ――」

その吐息のような言葉が、あっという間にサンディの中に広がった欲望に最後のひと押しを与えた。彼女はマッケイドの顔を引きおろして唇を重ね、彼の下で動きはじめた。

それに合わせてマッケイドも腰を押し出した。自分がうめく声を聞きながら、どんどん強く、速く、激しく突き入れる。ふたりのリズムは加速して、すぐに彼は危険なほど限界に近づいた。そして、そう意識したときにはすでに爆発していた。大砲の弾さながらに圧倒的な勢いで歓びが体を駆け抜け、サンディの名前を叫ぶ自分の声が遠くに聞こえる。

彼女もすぐに続いた。マッケイドは歓びの余韻に浸りつつ、サンディの体に絶頂の波が広がるのを感じ、彼女が声をあげるのを聞き、美しい顔に喜悦が浮かぶのを見守った。

サンディをきつく抱きしめているうちに、ふたりの鼓動が徐々に静まっていく。

「納得したわ」その声は、口を彼の肩につけているのでくぐもっていた。

マッケイドは力の入らない腕でなんとか体を持ちあげ、横に転がった。すぐに彼女を抱き寄せて尋ねる。「納得って何を？」

「あなたがわたしを愛してるって」サンディが指先で彼の唇をなぞる。「愛してなかったら、いまみたいな愛し方はできなかったと思うから」

「おれはひと晩じゅうかけて、きみを愛したかったんだ」マッケイドは目を閉じた。「それなのに三分も持たなかった」

「やだ、時間を計ってたの？」彼女がからかう。「何をしてるのよ、マッケイド。お母さまから伝授された〝男が成功するために学ぶべき三つのこと〟を、まさか忘れたんじゃないでしょうね。女性と愛しあうときに大切なのは持続時間じゃなくて、どれだけ歓ばせられるかでしょう？　いま、わたしはものすごく歓ばせてもらったわ」

マッケイドは目を開けた。「三つ目は――」

「あそこのサイズに関してだったわよね。わかってる」サンディは目をくるりとまわしてみせた。「それに関しては、あなたは問題なくクリアしてるって、もう納得したわ。だから、その教えをちょっと応用してみたの」

彼は噴き出した。「まったくきみは。愛しているよ。きみの言うとおり、いまのは最高だった」

「ええ、間違いなく最高だったわ。すぐにまた試したいと思うくらい」彼女は上目遣いにマッケイドを見た。「あなたも釣りとは違って、もちろんもう一度試してみたいでしょう？」

「釣りの話はもうやめてくれ」

サンディが楽しそうに目をきらめかせて笑いだすと、彼の心臓はうれしさのあまり胸の中で宙返りをした。これから毎日、彼女の笑い声を聞きたい。毎晩、彼女をこんなふうに腕に抱いて眠りたい。

「きみを愛しているとようやく気づいたから、おれはフェニックスに来たんだ」

サンディは驚いて彼を見あげた。

「本当さ」マッケイドが悲しげに彼女の目を見つめる。「玄関のベルを鳴らして、出てきたきみに愛してると言うつもりだった。だけどなかなか言いだせずにいたら、きみがジェームズの話を始めたんだ。やつがあまりにも完璧に思えて、きみを手に入れるチャンスを失ってしまったのかと怖くてたまらなくなったよ……」

サンディは彼の言っていることが、なかなかのみ込めなかった。彼女を愛しているからフェニックスに来た？　そうしたら突然ジェームズの話をされてショックだった？

彼女の知っているマッケイドは、いつも自信に満ちあふれていた。でも、いまマッケイドの目を見つめると、彼女がジェームズに惹かれていると言ったせいで彼がどんな思いをしたか、ひしひしと伝わってくる。

「ジェームズはすでに大きな法律事務所の正弁護士だ。そのうえ、ハーコートが当選したら副知事になるかもしれない。やつはすべてを兼ね備えているんだよ、サンディ。銀のスプーンをくわえているどころか、銀のカトラリーでいっぱいの引き出しを持って生まれてきたみたいな男だ」マッケイドは大きく息を吸った。「要するに、おれにはないものを全部持っているんだ」

「ジェームズ？」サンディは彼の視線を落ち着いて受け止めた。「ジェームズって誰？」

マッケイドの顔から緊張が消えて笑みが浮かぶ。彼は笑いだした。

「あなたを愛しているのよ、クリント」彼女も微笑んだ。「納得させてほしい？」

彼はサンディを引き寄せてキスをした。「ああ、頼むよ。おれを納得させてくれ」

10

ラジオ付き時計から突然歌が流れだしたとき、カーテンの引かれた部屋はまだ暗かった。サンディはすぐに目が覚めたが、その日のスケジュールを頭の中で確認しながら、そのまま陽気なカントリーミュージックに耳を傾けた。しばらくしてぐっすり眠っているマッケイドの耳にもようやく音が届いたらしく、彼はもぞもぞと動いて何かつぶやき、上掛けの下で身を縮めた。

彼の向こうにある時計に手を伸ばしたサンディは、いきなりつかまえられて上掛けの下に引っ張り込まれた。

「おはよう」マッケイドの声は眠気にくぐもって、しゃがれている。キスをされると、伸びかけたひげが頬にこすれて痛かった。

もう起きなければならないのはわかっている。午前中にミーティングがあるのだ。それなのにもう一度キスされると、サンディは抵抗する気が失せた。遅刻することになる――今日も。

グランド・キャニオンから戻って一週間が経っていた。彼とともに数えきれないほど笑い、愛しあった一週間だった。クリント・マッケイドの知らなかった面を知り、朝目覚めると彼がベッドにいるという事実に、サンディはようやく少しずつ慣れはじめていた。けれども心の底では、そんなふたりの関係を信じきれずにいた。信じられる日が来るとも思えない。マッケイドとの関係が、これまでとまったく変わっていないように思えるときもあった。たとえば、遅くまで働かずにすんだ夜は前と同じくふたりで外出している。夕食をとり、ビリヤードホールに行って玉を突いたり、映画を観たりして過ごす。大いに笑い、ジョークを言い、からかいあうのも同じ。彼と親友同士なのは変わっていないのだ。でも、いまは恋人同士でもある。振り向くとマッケイドが見つめていて、その焼けつくような視線から、サンディは前夜の熱い行為を思い出す。そして彼の微笑みから、今晩もまた同じように愛しあうのだと悟る。

こんなに幸せだったことはかつてなかった。だからいまの幸福を目いっぱい享受し、すべての楽しさを味わい尽くそうと決めていた。けれど永遠に続くわけではないのはわかっているし、彼の去る日が自分の願っているよりも早く来てしまうのが怖い。

情熱を燃やしきったあと、マッケイドの腕に包まれて横たわりながら、サンディは必ずやってくる未来を懸命に心から締め出した。それでも、疑問はつねに彼女につきまとっていた。

あとどのくらいなのだろう？

彼が出ていくまで、どれだけ時間があるの？

マッケイドはバイクに乗って、スコッツデールへ買い物に来ていた。小さな宝石店に足を踏み入れたとたん、壁の鏡に映った自分の姿が目に飛び込んできた。風で髪がくしゃくしゃになっている。とりあえず指でとかしてみるが、伸びかけた髪はうまくまとまってくれなかった。くしでうしろに流してきたのに、すぐ落ちて目にかかってしまう。

彼は目を細めて鏡を見つめた。すり切れたジーンズに色あせた黒いTシャツ、ぴったりした袖口からのぞくドラゴンの刺青。いかにもニュージャージー出身のバイク乗りといった感じの、いつもどおりのマッケイドだ。カントリークラブで開かれる催しに出かけていくような、将来有望な男にはまるで見えない。

鏡を見つめるマッケイドの表情はますますしぶくなった。最近サンディとは、ビリヤードホールやロードハウススタイルのバーにばかり行っている。彼女は文句を言わないが、ああいう場所で居心地の悪い思いをしている可能性はじゅうぶんにある。もし彼がゴルフコース横のクラブハウスのバーに連れていかれたら、絶対にそうなるように。マッケイドは罪悪感と不安に襲われた。サンディは彼と一緒にいることで、あこがれていた洗練された社交生活をしぶしぶあきらめているのかもしれない。

でも、彼女はマッケイドを愛している。心から。その気持ちは疑っていないし、疑っていたら、宝石店の店主に怪しむような目でにらまれながらこんなところに立っていない。店主はカウンターの下に隠してある銃を取り出そうか、警察に電話しようか、決めかねているみたいな表情だ。

それなのにマッケイドはいやな気持ちにもならず、ただ面白がっていた。「邪魔するよ」年配の男に笑みを向け、なるべく体をリラックスさせて相手に威圧感を与えないようにする。カウンターの前に行き、武器は持っていないことを示して相手を安心させるため、両手を上に置いた。「指輪を買いたい。ダイヤがついているのを」彼がそう言うと、店主はあからさまにほっとした様子を見せた。

「どのような機会のためのものか、おうかがいしてよろしいでしょうか？」店主が咳払いをして丁寧に尋ねる。

「じつは婚約指輪なんだ」

自分でも間抜けな顔をしていると思いつつ、マッケイドはにやけてしまうのを止められなかった。小柄な老人が笑みを返し、彼を別のカウンターに導く。

マッケイドはサンディに渡したい指輪をすぐに見つけた。伝統的な形にカットされたひと粒ダイヤを、シンプルな金のリングに六つ爪で留めつけたものだ。「これがいい」その指輪を示す。

店主がふたたび不安そうな様子になった。「どうでしょう、最初にだいたいのご予算を決められては」言葉を選んで提案する。

「なるほど。これはいくらなんだ?」

何度も咳払いをしたあと、店主はようやく値段を告げた。「そうですな、四〇〇〇をちょっと切るくらい——」

言いにくそうな相手をマッケイドはさえぎった。「現金払いでいいか? カードのほうがよければ、ゴールドカードもある」

サンディが仕事から戻って駐車場に車を入れると、マッケイドのバイクが消えていた。別にどうということはないと自分に言い聞かせ、胸を締めつける不安を静めようとする。バイクがなくなっているくらいで、大騒ぎをするなんてばかげている。買い物か何かに出かけただけだ。あるいはただ……バイクを飛ばしているのかもしれない。

たぶんハイウェイを走っているのだろう。髪を乱す風や、タイヤの下の路面を感じるために。最近の生活に欠けている自由を味わうために。

いやな方向に流れていく思いを懸命に引き戻しながら、帰宅途中で買ってきた食料品の袋を抱えて部屋まであがる。マッケイドは買い物に行ったのだ。それだけのこと。一〇号線に乗って街を出た可能性については、懸命に頭から追い出す。もちろんその可能性はないとは言えない。自由な世界へとつながっている道の誘惑があまりにも強く、彼がそれに負けたという可能性は。そしてもしそうなら、彼はいま頃はもうニューメキシコにいる。

サンディは心を落ち着けて鍵を差し込み、ゆっくりまわしてドアを開けた。このままクローゼットへ走り、マッケイドの黒い革のジャケットがあるかどうか確かめたい。そんな衝動を抑えながら、食料品の袋をキッチンに運んでカウンターの上におろした。

すると、キッチンの椅子の背にかかっているマッケイドのジャケットが目に入った。彼は行ってしまったのではなかった。このジャケットを残して出ていくことはありえない。

サンディはほっとして一瞬めまいがしたが、すぐに怒りがこみあげてきた——自分への怒りが。マッケイドは一箇所に腰を落ち着けるタイプではないし、これまで次々にいろんな女性とつきあってきた。欠点だってあるけれど、それでもひとつだけ言えることがある。彼は別れも告げずに出ていくような男ではない。

サンディはフルーツ味のアイスキャンディを冷凍庫に入れ、留守番電話のボタンを押した。残りの食料品をしまいながらメッセージを聞く。

まず、フロリダにいる母親の明るい声が流れてきた。ちょっと声が聞きたくて電話したと言い、誕生日プレゼントをありがとうと続けている。

フランクは彼女がオフィスを出たすぐあとにかけてきていた。マッケイドと話したかったらしく、野球のメジャーリーグのトレードについて興奮してまくしたてている。

最後のメッセージもマッケイド宛だった。夕食の支度に取りかかって大きなパスタ鍋に水を入れていたサンディは、蛇口を閉めて耳を澄ました。

「こちらサンタモニカにある〈GCHプロダクションズ〉のグラハム・パークスですが、ミスター・クリント・マッケイドを探しています。フロリダのキーウェストで二週間以内に始まるプロジェクトで、カメラマンが必要になりました。このプロジェクトはイルカの言語を研究している〈水中コミュニケーション・グループ〉の依頼を受け、わが社がドキュメンタリーフィルムを撮影するものです。ミスター・マッケイドのお名前は〈サウンドウェーブ・スタジオ〉のミスター・ハリー・スタインから聞きました。ダイビングの資格をお持ちで、以前にも水中での撮影をされたことがあるそうですね。急なお願いではありますが、予定していたカメラマンが事故に遭って脚の牽引《けんいん》治療をすることになったため、参加できなくなりまして……。撮影は三週間から四週間ほどの予定です。よいお返事をいただけるといいのですが。なるべく早い連絡をお待ちしています」

パークスが電話番号を告げたあと二度ブザーが鳴り、そのあとはもうメッセージはなかった。

サンディはシンクの前で呆然として、水を張った鍋を見つめた。

プロジェクトは二週間以内に始まると言っていた。

今日から二週間以内に。

このうえなく魅力的な仕事のオファーだった。マッケイドにとって水中撮影は、これまで何度もこなしているお気に入りの仕事だ。

サンディは留守番電話を振り返った。消去ボタンを押して、いまのメッセージを消してしまいたい。でも、できなかった。マッケイドのためにも、自分のためにも。そんなことをしたら、彼は単によい仕事のオファーがあったことを知らないからサンディのもとにいるのだと、ずっと考えてしまう。やはりメッセージは消せない。彼にちゃんと聞かせなくては。

マッケイドはきっと出ていってしまうだろうけれど。

マッケイドがコンドミニアムに戻ったときには、スパゲティソースのにおいが漂っていた。キッチンに行くと、サラダを作っていたサンディが目をあげた。「あら、おかえりなさい」

彼女は仕事着を脱いで、ショートパンツとホルターネックのトップスに着替えている。

マッケイドはうしろに立って、彼女の髪を脇に寄せた。

「今日はあんまり熱心に歓迎してくれないんだな」首のうしろに唇をつけながら軽くなじる。

彼は振り向いてキスをしてきたサンディを抱き寄せ、その体から力が抜けるまでキスを続けた。「このほうがずっといい」彼女の目を見つめてにやりとする。

「どこに行ってたの?」

マッケイドはためらった。宝石店に行ったとはまだ言いたくなくて、あいまいに言葉を濁した。「別に。ちょっと出てきただけさ」

サンディが彼の腕の中から抜け出して、サラダ作りに戻る。「バイクをちょっと飛ばしてきたの？」背中を向けたまま質問した。

「ああ」マッケイドは彼女のくれた言い訳に飛びついた。別に嘘というわけではない。店への行き帰りはバイクに乗ったのだから。

「ふうん」

彼はソースの入った鍋の蓋を持ちあげた。すごくいいにおいがする。サンディの横から手を伸ばしてシンクで洗い、キッチンのテーブルにはすでに布製のランチョンマットが並べられていたので、カトラリーの入った引き出しからフォークとナイフを出して、ナプキンと一緒にマットの上に置いた。

「留守電にあなた宛のメッセージが入っているわ。最後のふたつよ」サンディはサラダを作る手を止めずに告げた。

マッケイドが留守番電話に向かう気配を感じながら、キュウリを刻むのに集中する。彼はとくにどこへ行くというわけではなく、ただバイクを飛ばしていた。落ち着かなくなってきたときの、いつもの行動だ。やはりグラハム・パークスのメッセージを聞いたら出ていくと言いだすだろう。

彼がテープを巻き戻している。

フランクのメッセージのあと、仕事のオファーが始まった。

サンディは振り返らなかったが、マッケイドが凍りついたように動きを止めて聞いているのはわかった。電話番号を書き留める音がしたあと、彼が何か言うかと思って待ったが、何も言わない。マッケイドは黙ってサンディを見つめている――彼女は背中を向けているのに、その視線をひしひしと感じた。

「電話をかけるなら寝室で使ってもいいわよ」落ち着いた冷静な声を出せたのでほっとする。

「サンディ」

彼女はのろのろと振り向いた。マッケイドはグラハム・パークスの電話番号を書いた紙を持って、留守番電話の置いてあるカウンターのそばに立っていた。彼が髪をかきあげる。

サンディは彼を見つめた。マッケイドに触れたくてたまらない。日に焼けて筋が入った髪に指を通したい。彼に抱きついてしがみつき、いつまでも放したくない――。

「きみも来ればいい」キッチンの窓から入ってくる夕暮れどきの光を受けて、マッケイドの目がターコイズ色に見えた。「キーウェストはきれいなところだ。きっと気に入る。ふたりで過ごす……バカンスだと思えばいい。前かあとに、きみのお母さんに会いに行ってもいいし」

「三週間や四週間も休みを取れるはずないでしょう」サンディは彼に背を向け、冷蔵庫のドアの取っ手にさげてあるタオルで手を拭きはじめた。

「いや、取れるさ。フランクは自分で指揮をとってみたくてうずうずしてるから、この機会に飛びつくよ。任せてみたらどうだ。きっといい仕事を――」

「バカンスになんてならないわ。あなたは仕事だもの」

「おれのアシストをしてくれてもいい。いや、きみも撮影するんだ。イルカと一緒に泳げるよ、サンディ。すばらしい体験になる。パークスにきいてみるから――」

「スキューバダイビングはしたことがないの」マッケイドとこんな会話はしたくない。「ライセンスを持っていないのよ。そもそも、ちゃんと泳げもしないんだから。知ってるでしょう？　犬かきくらいしかできないって。それで撮影なんかできるはずないわ」

「いや、できる――」

「いいえ、クリント。無理よ」

「イルカのことを考えてみろよ。なあ、サンディ――」

「大人なんだから、わたしが一緒じゃなくてもひとりで行けるでしょう？　ミスター・パークスに電話して、仕事を受けるって言いなさいよ」彼女は鋭い口調でさえぎった。

タイマーが怒ったような音で鳴り響き、サンディはガスレンジの火を消した。

彼女が沸騰している鍋を傾けてシンクに置いたコランダーにパスタを入れるのを、マッケイドは黙って見つめていた。しばらくしてぽつりと言う。「きみが来てくれなくても、もちろん行ける。だけど来てほしいんだ」

サンディは涙がこみあげるのを感じた。彼の前で泣きたくなくて、必死にこらえる。

「そうね、一週間くらいなら……」だけどそのあとは？　ひとりで飛行機に乗って、フェニックスへ戻る？　そしてマッケイドが彼女のところに帰ってくるのか、それともまた別の魅力的なプロジェクトを見つけてどこかへ行ってしまうのか、悶々《もんもん》としながら寂しく待つ？　三週間か四週間と思っていた別離は、すぐに三カ月、四カ月になるだろう。運がよければ、一二月頃にはまた彼の顔を見られるかもしれない。

「一週間じゃ短すぎる」マッケイドは言った。サンディと三週間も四週間も離れていなければならない仕事なんて、できるはずがない。とくにいまは。もしかしたら、一年くらい経ってふたりの関係がもっとかたまったあとならできるかもしれないが。いまはとにかくサンディと一緒にいたい。キーウェストでイルカと泳ぎたい気持ちが、まったくないとは言えないけれど。

彼は電話を取りあげて番号を押した。グラハム・パークスがすぐに出る。

「ミスター・クリント・マッケイド？　よかった！　こんなに早く連絡をもらえて」受話器越しに、パークスの声が部屋に響く。「メッセージを残したあとに、正確な日にちを言わなかったことに気づいたんですよ。撮影開始は五月二〇日なんですが、水中撮影チームには五月一五日までに施設へ来てほしいと〈水中コミュニケーション・グループ〉に言われています。どうやらイルカたちとは、慎重にお近づきになる必要があるみたいで。よく知りもしない人間がいきなり水槽に入ってきて撮影を始めるなんて、イルカたちからしたら、ずうずうしいにもほどがあるというわけでしょう」

「もっともな言い分だな。おれだって、紹介もされていない人間に自分の水槽に飛び込んでこられたらいやだと思う」

「水中撮影にかけてはあなたの右に出る者はいないと、ハリー・スタインが言っていました。それなのに砂漠の真ん中でいったい何をしているんです？　いや、答えていただかなくてかまいません。ただ、引き受けると言ってくだされば」

「残念だが、無理なんだ。申し訳ないが――」

サンディは彼の手から受話器を奪い取った。「すみません、ミスター・パークス、ちょっとだけそのままお待ちいただけます？」愛想のいい声を作ってそう言うと、パークスに会話を聞かれないよう受話器を覆ってマッケイドをにらみつけた。「頭がどうかしたの？　なんで断るのよ？」

「なんでって――」

「やりたいのはわかってるんだから」頭を振りながら言う。「いい、この仕事を受けなかったら絶対に後悔するわ。そしてわたしを責めるようになる」

「責めたりなんかしない！」マッケイドは侮辱された気分で声をあげた。「おれは子どもじやないんだぞ、カーク。自分のことは自分で決められる――」

サンディは受話器を覆っていた手を離し、代わりにマッケイドの口を覆った。

「ミスター・パークス？　いつまでならマッケイドの返事を待てます？」

「返事はいますぐ欲しいですね」パークスはそう言ったあとで笑った。「でもそれは、ノーという返事じゃなければの話です。そしてどうやら彼はノーと言うつもりらしい。それが覆る可能性があるんですか？」

「ない」マッケイドがサンディの手の下で、もごもご口を動かす。

「あります」彼女は答えた。

「では、土曜まで待ちましょう。ですが、もっと前に彼の心が決まったら、その時点で教えていただけると助かります」

サンディは電話を切り、マッケイドに向き直った。彼は腕組みをして、あからさまに不満そうな表情で彼女を見つめている。

「なんてことをするんだ。別のカメラマンを探せるように、早く教えてやるべきだったのに。きみならよくわかるはずだろう。困っているプロデューサーにとって、ほんの二、三日がどれだけ貴重か――」

「仕事を受けてほしいの」

マッケイドの目に浮かぶ怒りが当惑に変わった。「なぜ？」

彼を見ていられずに顔をそむける。「現実的になりましょう、マッケイド。あなたはこの先ずっとここで暮らして、遠くの仕事は二度と受けないつもり？　そんなこと、本気で信じろっていうの？」

「もちろんそうじゃない」マッケイドが激しく言い返した。「そんなやり方じゃうまくいかなくなると、ふたりともわかってる。だけどいまはまだ、遠くに行く気にはなれないんだ」

サンディはカウンターの端を握りしめた。彼は認めた。永遠に彼女のもとにいるわけではないと、ついに認めたのだ。「どんな違いがあるっていうの？」かたくなな声で言う。「早いか遅いかだけでしょう？」

どちらにせよマッケイドは去っていく。そしていま出ていかずに仕事を断れば、彼はきっと後悔する。ふたりでいるあいだのことを、彼には何ひとつ後悔してほしくない。

「違いはあるさ。大きな違いだ」声を荒らげたマッケイドにつかまれた腕を、彼女は引き抜いた。「ちくしょう、おれから逃げるな！」

サンディはにらみ返した。目に浮かぶ涙を見られるとわかっていたけれど。

彼が毒づいた。「愛しているんだ、わからないのか？」サンディの肩をつかみ、目をそらせないように顎をつかんで持ちあげる。「さっき、一緒に来てもらわなくてもひとりで行けると言った。あれは嘘だ。きみが必要だ。きみが一緒じゃないと行けない」

マッケイドは荒々しくキスをした。彼の味とにおいと感触で、サンディの五感のすべてを満たそうと必死だった。

「きみが必要なんだ」もう一度ささやく。「いつもそばにいてほしい。夜は一緒のベッドで眠り、いつでも話しかけられる生活がしたい。振り返ったらきみがいて、微笑んでくれる。愛しあいたくなったら抱きあえて――」

笑えばいいのか泣けばいいのかわからないまま、サンディはキスを返した。

マッケイドを撫でおろし、両手をジーンズのうしろポケットに入れて体を押しつける。すると彼はうめいて、キスをしながら巧みにサンディのホルターネックのトップスをほどき、ショートパンツのボタンを探りはじめた。彼女の服が床に落ちる。

マッケイドはテーブルの上をなぎ払ってカトラリーを落とし、そこに彼女を座らせた。サンディが彼のTシャツを脱がせているあいだに、すばやくジーンズをおろして彼女の中に入る。サンディはマッケイドの腰に脚を巻きつけてしがみついた。彼が思う存分動けるように、腰を突きあげて駆りたてる。

彼女は体をテーブルに倒して、マッケイドを引きおろした。こんなふうに彼に満たされ、快感におぼれていることに、ゾクゾクするほどの興奮を覚える。サンディのせいで自制心を失ったマッケイドを見るたびにうれしくなるけれど、いまの彼は嵐のような情熱にとらわれてわれを忘れ、自分と彼女をこれまでにない高みへ連れていこうとしている。生きていることを主張するように音を立てて打っている心臓が、彼が体を叩きつけるたびにさらに鼓動を速めていく。血管を通って体じゅうを駆けめぐっている炎は、この先一生消えることはないだろう。マッケイドを愛している。心から。ありったけの情熱をこめて。いつまでも。

サンディは目を開けて、彼の顔に浮かぶ混じりけのない歓びの表情を見あげた。マッケイドが視線を感じたように目を開け、彼女に笑みを向ける。いかにも彼らしい心からの笑みに、サンディは一瞬ドキリとして踏みとどまれなくなった。絶頂の波があとからあとから押し寄せて全身が震える。マッケイドも同時に達したのが体を通して伝わってきた。まるで爆発のような激しい快感に、息ができなくなった彼がぐったりと倒れ込んできた。

「死にそうだ」彼がつぶやいて体を横にずらす。

サンディは思わず笑った。「キッチンのテーブルで抱きあったなんて信じられない。これから食事をするたびに、今夜のことを思い出しちゃうわ。新しいテーブルを買わないかぎり、毎日少なくとも二回、朝と夜に」

「よかった」マッケイドが抑えようのない満足感をにじませた。「つまりこれから一日に二回は必ず、おれがどれだけきみを愛しているか思い出すわけだ」

その言葉になぜか悲しくなって、サンディは彼にキスをした。愛していると言われて、うれしくなるはずなのに。

彼女は一生忘れない。

でも、彼はいつか忘れてしまうのだ。

トニーは厳しい目で鏡の中のマッケイドをチェックし、サイドの髪をさらにほんの少しだけ短くした。

「説明してみろよ。どうしておまえはそのフロリダでの仕事を受けたくないんだ？」体格のいい美容師が、濃い眉をあげて尋ねた。

「言っただろう？」マッケイドは返した。「行きたくないからだ。サンディはおれと一緒にいることにようやく慣れてきたところだし、この仕事はやりたくない。それだけさ」

「もしそうなら、そもそもおまえはぼくに何も話さなかったはずだ」トニーが腕組みをする。

「ちょっとした雑談だよ」

「そうは思わないね」

マッケイドは笑った。「わかったよ。おまえは頭がいい、トニー。だからどうしておれがフロリダへ行きたくないのか教えてくれ」

「いまおまえが出ていけば、サンディに二度と戻ってこないと思われるからだ」鏡越しに得意そうな笑みを見せているトニーの目は、肉のひだにいまにも埋もれてしまいそうだ。

マッケイドは小声で毒づいた。認めるのは癪《しゃく》だが、トニーの言うとおりだった。彼が行きたくない理由のひとつには、たしかにそれがある。サンディの目が悲しげに曇るのを、彼は見てしまった。マッケイドが何を言い、どう説明しようと、彼が一生サンディと一緒にいるつもりであることを彼女は信じない。それが今夜を境に変わってくれるのを祈るばかりだ。

「アドバイスが欲しいか？」トニーがきいた。

「いや、いらない」

「ずっと一緒にいるつもりだとサンディにわかってもらう唯一の方法は、彼女のそばを一度離れることだ」トニーはマッケイドが頭のうしろをチェックできるよう、手鏡をかざした。「パラドックスさ。おまえはもう二度と戻ってこないと彼女は思うだろう。だがおまえは戻ってきて、彼女は自分が間違っていたと悟る」

「なんてすばらしい計画だ」うなるように言い、あきれて目をまわしてみせる。「パークスには今日までに返事をすることになっている。おれは今夜サンディに結婚を申し込むつもりだから、完璧なタイミングだよ」

トニーは友人をまじまじと見つめた。「いまなんて言った？」笑いながら、マッケイドの椅子のまわりを踊りはじめる。「めでたい、めでたい、マッケイドが結婚か」彼は歌うようにはやしたてた。「最高だね。クリント・マッケイドがとうとう結婚するなんて！」

「やめろよ」マッケイドは怒って立ちあがった。

トニーが踊るのをやめ、あたたかい目で笑いかけてくる。「サンディはきっと大喜びするさ」彼は友人を祝って握手をした。「おまえたちなら、一生幸せにやっていける」

マッケイドも笑みを返したが、心の中では本当にこれでいいのだろうかという疑問を振り払えずにいた。彼自身については、一点の曇りもなく確信している。だが、サンディにとってはどうなのだろう？　彼がひとりよがりに突っ走っているだけなのではないだろうか？　出口へと向かうマッケイドを、いやな予感が執拗《しつよう》に追ってきた。

11

きつすぎるタキシード用のシャツの襟の不快感に耐えながら、マッケイドは立ったままソーダをときおり口に運び、サイモン・ハーコートと一緒に部屋じゅうを動きまわっているサンディを見つめていた。

ハーコートのプロジェクトはとりあえずすべての撮影が終了し、一同はふたたびリゾートホテル〈ポイント〉に戻っていた。今夜は〈ビデオ・エンタープライズ〉の仕上げた三〇分のミニドキュメンタリーフィルムが、はじめて公開される。

フィルムの出来はいい。とても。ハーコートのよさを余すところなく伝えるとともに、しゃれた作りになっている。

マッケイドはサンディが見えるように少し横へ移動した。彼女はお気に入りの細い肩ひものついた黒いスリップドレスをまとい、髪は頭の上に高く結いあげている。そこからこぼれた髪がなめらかな肩にクルクルと落ちているさまは、セクシーで魅力的なだけでなく、エレガントで美しく落ち着いていた。

彼女が話しかけている男が横にずれたので、ジェームズ・ヴァンデンバーグが見えた。ハーコートをはさんで、彼女と反対側に立っていたようだ。サンディはハーコートに注意を集中しているが、ジェームズは彼女を見つめている。その視線がサンディの顔からゆっくりと下に向かったのを見て、マッケイドはグラスを包んだ指に力をこめた。

なんとか体の力を抜く。彼女はあんなに魅力的なのだから、男たちが見つめても当然だろう。ジェームズもそのひとりにすぎず、別にどうということはない。ただ見ているだけだ。

マッケイドは上着のポケットに入っている指輪の箱の重みを意識した。あと二、三時間我慢すれば、パーティーが終わる。そうしたらサンディを連れ出して……。マッケイドは笑みを浮かべた。彼の渡した指輪をサンディがはめるようになれば、ジェームズもあからさまにあんな目を向けなくなるだろう。

「たしかミスター・クリント・マッケイドだったね。ぼくは名前を覚えるのが得意なんだよ」すぐ横で声がして、マッケイドは振り向いた。

〈チャンネル5〉のアーロン・フィールズだった。サンディは以前、恰幅《かっぷく》のいい赤ら顔のこの男と一度デートをして、とんでもなくいやな目に遭ったようだが、まだ詳しくは教えてもらっていない。フィールズの隣には、細い鼻筋の通ったひどく退屈そうな表情の男も立っていた。

フィールズが手を差し出す。「〈チャンネル5〉のアーロン・フィールズだ」連れを指して続ける。「こっちはアシスタントプロデューサーのジム・グローブ」

「どうも」マッケイドはソーダの入ったグラスを左手に持ち替えて、差し出された手を握った。

「うちで保管している映像の中にいいものがあって、本当によかった。きみも知ってるかな？ コミュニティセンターで撮ったものだよ。あれはうちが提供したんだ」

マッケイドはうなずいた。「サンディ――カサンドラは、あの映像をうまく使っていた」

「ああ、そうだったな」フィールズの視線はマッケイドのうしろに向いていて、彼の言葉をうわの空で聞いているのは明らかだ。

連れのやせた男も同じ方向を見ているので、マッケイドは振り返った。彼らの視線を追うと、サンディが年配の女性と握手をしている。フィールズが飲み物を持った手で彼女を示し、グローブに告げた。

「あの黒のミニドレスを着た悩殺的なブロンドがカサンドラだよ」今度はマッケイドに向き直って言う。「彼女は最近、きみとつきあっているそうだね」

マッケイドは愛想のいい笑みを作った。「ああ、そうだ」

「うれしいだろうな、ええ？」フィールズはいやらしい笑いを浮かべた。「わかるよ。最初にきみたちがつきあっていると聞いたとき、不思議でしょうがなかった――きみは単なるカメラマンだからね。彼女みたいな女なら、ディレクターやプロデューサーを選ぶと思うじゃないか。技術屋なんかじゃなくそれなりの男、社会的な影響力のある男を。だから彼女がジェームズ・ヴァンデンバーグになびかなかったときは驚いたよ。せっかく力を持った男が目の前にいるのに……」頭を振りながら、サンディとジェームズがいる部屋の向こうに目をやる。

こみあげる怒りを、マッケイドは懸命に抑えようとした。フィールズはばかで間抜けで最悪の男だ。こんな男の言うことをまともに受け取ってもしょうがない。そう思いながらも、自分より小さな男を見おろす視線は険しくなり、笑みも敵意に満ちたものになって、フィールズが凍りつくのがわかった。「〝技術屋なんか〟が寛大な性格で幸運だったな。そうでなければ、いまの言葉を侮辱と受け取ったところだ」

「いやいや、そんなに怒らないでくれ。ちょっと思っただけなんだから……」フィールズは肩をすくめると、グローブのほうを向いた。

マッケイドは立ち去ろうとしたが、フィールズがグローブに話しかけている言葉を聞いて足を止めた。「あんなに騒ぐこともないだろうに。ミスター・マッケイドはエミー賞を受賞したカメラマンだそうだよ。だが〈ビデオ・エンタープライズ〉には、彼が受け取ってしかるべき額の報酬を払える予算はない。だからカサンドラ・カークは欲しいものを手に入れるために、自分の差し出せるものを提供したというわけだ。彼女は前にも同じことをしようとしたんだよ。ぼくが彼女の欲しいテープを持っていて――」

「嘘をつくな、このうじ虫野郎め！」

マッケイドはフィールズの肩をつかんで乱暴に振り向かせた。こんなことはするべきじゃないと頭の片隅で考えながらも怒りを抑えきれず、大きく腕を引いてアーロン・フィールズの鼻に拳を叩きつけていた。

フィールズが映画のワンシーンのように宙を飛び、シャンパンのグラスをのせたトレイを持って通りかかったウエイターに激突して無様に床に転がるのを、マッケイドは冷たい目で見守った。

あちこちにシャンパンが降りかかり、わき起こった悲鳴や金切り声がすぐさま怒りの声に変わる。その真ん中で、アーロン・フィールズが鼻から血を流しながら立ちあがった。

マッケイドはフィールズを心の中で称賛した。たいして頭はよくなさそうだが、負けるとわかっているけんかを思いとどまるだけの知恵は持ちあわせているらしい。フィールズが口を開いた。「弁護士に連絡させる」

「好きにしろ」マッケイドは応じた。「弁護士に泣きつくときは、名誉棄損の案件だとちゃんと伝えるんだな」

フィールズは動じなかった。「脅迫と暴行だ」

「暴行だって？　それはどうかな」マッケイドが笑いながら脅すように一歩踏み出すと、フィールズはとたんにビクリとした。「暴行というのがどんなものか、身をもって体験したいか？　外へ出ろ。駐車場でケツをいやというほど蹴りあげてやる」

「どうしたんですか？」突然、ジェームズ・ヴァンデンバーグの冷静な声が響いた。人々がふたつに分かれたところを歩いてきて、ふたりのあいだに割って入る。

「この男が急に襲いかかってきたんだ」フィールズがマッケイドを指さして非難した。

サンディも人々を押しのけて現れた。その顔にはショックが浮かび、目は怒りにきらめいている。

彼女はジェームズを横に引っ張っていくと、静かな声で話しかけた。弁護士がうなずき、サンディはマッケイドには目も向けないまま、人々のあいだを戻っていく。

ジェームズがフィールズとマッケイドの腕をつかんだ。「おふたりとも、話しあいは外で続けましょう」

エアコンのきいたロビーから出ると、夜の戸外は暑かった。

ゲストたちの好奇の目が届かないホテル前のアプローチまで行ってジェームズが足を止め、腕組みをする。「いったい何があったんです？」

「警察を呼んでもらいたい。この男を訴える」フィールズが鼻に当てているハンカチは血だらけだ。

「彼を殴ったんですか？」ジェームズがマッケイドにきいた。

「ああ、そうだ」マッケイドは淡々と答えた。「こいつがサンディを侮辱するようなことを

「鼻が折れたと思うんだよ」フィールズが訴える。「確実にな。それに折れるほど強く殴っちゃいない」
「鼻が折れていたら、思うんじゃなくてわかる。
言ったから――」

それを聞いたフィールズがふたたび興奮してまくしたてはじめたので、ジェームズは彼を横に引っ張っていった。弁護士の声は低くて聞き取れず、マッケイドはリゾートホテルの入り口にある日よけの天幕を支えるポールに寄りかかって待った。いまはやめている煙草が吸いたくてたまらない。

サンディが怒って振り向きもせずに去っていったことに、マッケイドは傷ついていた。中に戻って彼女を見つけ、何があったのか説明したい。フィールズが彼女のことで、どんなでたらめを言ったのかを。彼は体を起こして入り口に向かおうとしたが、ジェームズが動くなと目で制した。この男にはすばらしい校長になれる資質がある。

ジェームズがどう説得したのかわからないが、やがてフィールズはハーコートの側近のひとりにかいがいしく付き添われ、贅沢な白いリムジンで近くの病院へ向かった。

アプローチの彼方《かなた》にテールライトが消えると、ジェームズはマッケイドに向き直ってそっけなく言った。「きみにはこのまま帰ってもらわなくてはならない。カサンドラの車を使えばいい。ぼくが彼女を送っていく」

マッケイドは乾いた笑い声をあげた。「勝手に言ってろ、ヴァンデンバーグ。従うつもりはないからな」

「今夜はみんな、少し飲みすぎているのかもしれない。タクシーを呼ぼうか？」

「おれたちは、今夜はコーラ以外一滴も飲んじゃいない」マッケイドは腕組みをした。「おれはここでサンディを待つ。カサンドラを。悪いな」

「いや、残念だがそれは無理だ。きみにはホテルの敷地から立ち去ってもらわなければ」

マッケイドは大きく息を吸い、頭を冷やした。「なあ、あいつはろくでなしだ」

「じゃあ、きみはなんなんだ、マッケイド？」ジェームズが辛辣な口調で返す。「カサンドラはいま、アリゾナ観光協会の代表と話している。州の旅行に関するCMの契約を取るために交渉しているんだ。それなのに、きみはけんかか。彼女はなんて言えばいいんだ？〝すみません、ボーイフレンドが哀れなろくでなしの鼻を折ってしまったみたいで、ちょっと失礼します。彼はうちの関係者でもあるので〟とでも？」

「知らなかった。まさかそんな――」マッケイドは目をつぶり、小声で毒づいた。

「それではすまされない。カサンドラとミスター・ハーコートにこれ以上迷惑をかけないように、さっさと消えてくれ。マスコミにかぎつけられたら大騒ぎになる」

マッケイドは向きを変えてアプローチを歩きだしたが、すぐに振り返った。「悪かったよ」心をこめて謝罪する。

「カリフォルニアに帰るんだな、マッケイド。カサンドラはきみがいないほうがうまくやっていける。彼女はきみにはもったいない女性だよ」

マッケイドは言葉をのみ込んだ。ジェームズ・ヴァンデンバーグは、頭に血がのぼったマッケイドが言い返すのを待っている。その程度の男かとあざ笑うために。目の前の弁護士の完璧な口元には、すでに小さな笑みが浮かんでいた。ライバルにそんな満足感を与えてなるものかと、マッケイドは歯を食いしばった。

黙って向きを変え、彼はアリゾナの夜の闇に向かって歩きだした。


マッケイドがバイクのうしろに座って待っていると、サンディの車が駐車場に入ってきた。彼女は運転席からおり、立ちあがった彼をにこりともせずに見つめた。

沈黙が続いて、マッケイドはそわそわと唇を舌で湿らせた。どうすればいい？ 彼女はとんでもなく怒っている。

なんと言えばいいんだ？ 「悪かった」

サンディの笑い声が、まるですすり泣きのように響いた。「謝ったら、すべて水に流してもらえると思うの？」

「ほかにどう言えばいいかわからないんだ」マッケイドは静かに言った。「同じ行動を二度と繰り返さないなんて、おれには言えない。またやるかもしれないから。あの男は殴られて当然——」

サンディが二時間ずっと怒りを募らせてきたのは明らかで、それをいま一気に爆発させた。

「じゃあ、わたしはどうなの、マッケイド？　わたしもこんな目に遭って当然ってわけ？　よくもこんなまねができたわね」声がどんどん高くなる。「わたしのこれまでのキャリアの中で一番重要と言っていい今夜のイベントで、けんかを始めるなんて。あんな屈辱ったらなかったわ」

「悪かったと言っただろう——」

「悪かった。ふうん。あなたは悪かったと思っているのね」サンディは車のドアを叩きつけるように閉めた。「わたしはいまの生活を手に入れるために、ずっと努力してきたのよ。それなのにあなたは落ちこぼれの人たち特有の何も考えない愚かな行動で、わたしが築きあげてきたすべてを台なしにするところだった」彼女はせかせかと歩きまわった。怒りを抑えられず、じっとしていられないのだ。「そういうものはニュージャージーに置いてきたつもりだったのに。ゴキブリやネズミがうろつくあの汚いアパートや、ひと晩じゅう怒鳴りあったり、ものを投げつけあったりしている近所の人たちと一緒に。わたしはあそこを抜け出して、気に入らないことがあれば拳で解決しようとする人のいないところへ来たのよ。それなのに、よりにもよってパーティーの最中に人の鼻を殴りつけるなんて！」

マッケイドは黙って立っていた。サンディの言うとおりだ。彼女には腹を立てる権利がある。

「アーロン・フィールズがあくまでも告訴しようとしなくて、あなたはラッキーだったわ。そんなことになったら、きっと朝刊で大々的に書きたてられたでしょう。〝映像プロディーサーの恋人が留置場に放り込まれる！〟ってね」

「どうしてやつを殴ったのか知りたくないのか？」

「知りたくないわよ！」サンディは怒鳴ったあと、懸命に声を静めた。「知りたくなんかない。どうして殴ったかなんて関係ないもの。〈ポイント〉のような場所では、いかなる理由があろうと暴力は許されないの。あそこはバイク乗りたちが集うバーとは違うんだから。わたしの友人や仕事で関わっている人たちのあいだでは、けんかはコミュニケーションの手段とは見なされていないのよ。その鉄則を身につけられないなら、フロリダに行ったほうがいいわ。あなたもイルカとなら、もっとうまくやっていけるかもね！」

言葉を口にしたとたん、サンディは後悔した。マッケイドは呆然としている。

「きみの言うとおりだ。おれはここにはなじめない。きみに合わせようとしてきたが、これ以上は無理だし、どうやらきみの世界で要求される基準にはほど遠いらしい。きみはネズミやゴキブリと一緒に、おれともきっぱり縁を切るべきだった」彼の目には生々しい心の痛みが浮かんでいた。「いや、もうそうしているのかもしれないな。おれが気づいていないだけで」

マッケイドはすばやくハーレーにまたがると、キックペダルを踏み込んでエンジンをかけた。

「クリント、待って！」サンディは叫んだが、バイクの音がその声をかき消した。駆け寄ったときにはバイクはすでに走りだし、タイヤのゴムが焦げたにおいと彼女の怒りに満ちた激しい言葉の残響だけが漂っていた。

マッケイドは夜中の三時をまわった頃にようやく戻った。ソファに座って待っていたサンディが、彼が部屋に入ったとたんに立ちあがる。

「ごめんなさい、言いすぎたわ。本気じゃなかったのよ」

マッケイドは彼女を見つめた。言葉が喉に詰まって出てこないが、どうしても言わなくてはならない。ようやく決めたことを伝えるのだ。

「そろそろ出ていくときなんだと思う」

彼は懸命につばをのみ込み、まばたきをして、こみあげてくる涙を押し戻した。泣いているところをサンディに見せるわけにはいかない。

「だめよ――」

目をそらすしかなかった。彼女は隠そうともせずに涙を流している。そんな姿を見るのは耐えられない。

出ていかなくてはならない。いますぐに。

「ジェームズ・ヴァンデンバーグの言うとおりだ」マッケイドはつぶやいた。サンディは自分がいないほうが幸せになれる。「グラハム・パークスに電話して、フロリダの仕事を受けると伝えた。きみは正しかったんだ」彼は嘘をついた。「本当はあの仕事を受けたくて仕方がなかった。つまり、次の場所に行くべきときが来たんだと思う」

黙って彼を見つめるサンディの目には心の痛みがありありと現れていて、マッケイドは気分が悪くなった。しかしここに残れば、結局は彼女をより傷つけることになる。その事実を忘れてはならない。

黙ってうなずき、彼の言葉を受け入れたサンディを見て、さらに胸が痛んだ。彼女はこうなると予想していたのだ。あれほど愛していると伝え、永遠を誓ったにもかかわらず。そしてマッケイドはいま、彼女の言葉が正しかったことを証明させられている。

「いつ？」彼女がささやいた。

「今夜出ていくのが一番いいだろう」

彼は寝室に行って手早くタキシードを脱ぎ、クローゼットの中に丁寧に吊るした。サンディが選んでくれたほかの服もそこにかかっているが、これから行くところではタキシードは必要ないし、ほかの服も着たくない。

マッケイドはジーンズと清潔なTシャツを身につけた。何も考えず、何も感じないようにしながら、残りのジーンズとTシャツと下着をダッフルバッグに詰める。

それを玄関に運び、クローゼットから出した革のジャケットと一緒にドアのそばに置いた。あとはカメラケースだけだ。彼はリビングルームに行って、ケースの蓋がきちんと閉まっているか確認した。

「朝までいて、クリント」サンディの声は、ようやく聞こえるくらい低かった。

ソファに座っている彼女の顔は青白く、大きく見開いた目が痛々しい。マッケイドは見ていられずに目をそらした。

彼女のそばにいたい。どんなにそうしたいか。だが、彼が求めているのはひと晩ではなく永遠だ。今夜だけサンディのベッドで眠ることなどできない。愛を交わせば気持ちを悟られてしまう。

だから、そうするつもりはない。

「いい考えとは思えないな」

サンディがその返事を予想していたことは明らかだった。

「じゃあ、行くよ」片手でカメラケースを、もう一方の手でダッフルバッグとジャケットを持つと、マッケイドは彼女の家を出てドアを閉めた。

まるまる四日間、サンディは仕事に出なかった。

床に直接食べ物を置いて食べられるくらい家じゅうを磨きあげ、テレビのメロドラマを見て、お気に入りの本を読み返した。朝は寝坊して、午後は昼寝。本棚の本はアルファベット順にしてみたが気に入らず、大きさと色別に並べ直した。ビデオは手持ちのロマンティックコメディを全部見たが、一度も笑えなかった。

マッケイドは行ってしまった。

木曜日はサイモン・ハーコートとジェームズ・ヴァンデンバーグとのミーティングがあり、日程を変えるのは無理だった。そこで何日もパジャマかゆったりしたショートパンツで過ごしていたサンディはいつもより慎重に青い花柄のサンドレスに着替え、時間をかけてメイクをした。髪はマッケイドの好みどおりにおろした。

四日間もこもっていたコンドミニアムを出るのは変な感じだった。太陽がギラギラと照りつけ、炉の前に立っているかのように、肺に入ってくる空気が熱く乾いている。これでまだ初夏にもなっていないのだ。夏が来たら、まるで地獄だろう。

マッケイドのやり方がきっと正しいのだと思いながら、サンディは車のエアコンを〝強〟にした。気候に合わせて国じゅうを移動してまわるのは理にかなっている。一月はアリゾナにまさる場所はないけれど、七月になると話は別だ。

マッケイドはキーウェストでの撮影が終わったら、どこへ行くつもりなのだろう？　彼とまた顔を合わせる日が、果たして来るのだろうか？　彼と別れてから、同じ疑問が繰り返し頭に浮かんだ。

飛行機のチケットを買ってマイアミまで追いかけていこうかという考えを、サンディはもてあそんだ。彼女が突然フロリダに現れたら、マッケイドはどうするだろう？　すでに別の恋人を見つけていたら？　たとえそんなことはなかったとしても、結局は同じことになる。何も変わっていないのだから。追いかけても、一緒にいられる期間が少し伸びるだけ。いずれ必ず来る別れが、ほんの少し先になるというだけだ。悲しい現実からはけっして逃れられない。

サンディは〈ビデオ・エンタープライズ〉の駐車場に車を入れた。

マッケイドが行ってしまったという現実に慣れるしかない。彼はサンディのもとを去り、追いかけても取り戻せるわけではないのだ。

スケジュールどおりなら、フランク・ウィリアムソンはAスタジオでミュージックビデオの撮影をしているはずだった。スタジオの入り口の上にある赤いランプが灯っていなかったので、サンディはドアを開けた。すると青いスクリーンの前でフランクがバンドのメンバーたちと話しているのが見えた。そこ以外は暗く、カメラは彼女のそばの陰になっている部分に設置されている。サンディはスタジオの中に足を踏み入れた。

「ゲリー、フランクにわたしが――」

けれどもカメラのうしろにいるのはゲリーではなかった。オライイリーでもない。

マッケイドだった。

衝撃を受けて、サンディは彼の目を見つめた。五秒ほどしてマッケイドが目をそらす。

「ここで何をしているの？」息もできずにささやいた。望みを抱いてしまうのが怖い。

「フランクに、このビデオの撮影を手伝うと約束してたから。キーウェストに行くまで、まだ四日あるし……」彼は目を合わせようとせずに肩をすくめた。

マッケイドは別に、彼女に会いたくてここにいるわけではないのだ。

サンディは失望を抑えてうなずいた。「手が空いたらわたしが話したいと言ってたって、フランクに伝えてくれる？」なんとか声を平静に保つ。

「わかった」彼は半秒ほど目を合わせ、また視線をそらした。だが、それを戻して静かにきいた。「大丈夫か？」

マッケイドの目をのぞくと一瞬吸い込まれそうになり、彼女は悟った。立ち直れる日なんて絶対に来ない。彼を一生愛していくのだ。その愛を返してもらえようと、もらえまいと。こみあげた涙を見られる前に、サンディは顔をそむけた。

いいえ、大丈夫じゃない。大丈夫になることは絶対にない。

「大丈夫よ」

マッケイドはサンディがスタジオを出て、静かにドアを閉めるのを見守った。ちょっと疲れている感じではあったが、元気そうだ。それに大丈夫だと言っていた。彼との別れから、もうだいぶ立ち直ってきているのかもしれない。
それはいいことで、自分だってそう望んでいたはずだ。
なのになぜ、こんなにいやな気分なのだろう？

12

　サンディがドアの鍵を開けると、電話が鳴っていた。部屋に入ってブリーフケースを放り投げ、キッチンに走る。だが受話器を持ちあげると同時に、留守番電話が作動した。あせって機械を止めようとしながら、録音されたメッセージに負けないように声を張りあげる。

「ふう」ようやくほっとして言った。「ごめんなさい、もう大丈夫。ちょうど帰ってきたところだったから」

「それは大変だったね、スウィートハート。だけど、きみはメカにかけては天才らしいじゃないか。少なくともマッケイドはそう言っている。聞いたときは意外だったよ」

　聞き覚えのある声だけれど、誰だろう？　もしかして……。「トニー？」

「当たり」美容師はうれしそうに返した。「よくわかったね、パンプキン。マッケイドはいるかい？」

「ええと、じつはいないのよ」

「別にかまわないさ。どっちにしろ、本当はきみと話したかったんだから。おめでたい日はいつになる予定なんだい?」

サンディはキッチンのテーブルに寄りかかり、靴を蹴り捨てた。痛む足がようやく少し楽になる。「なんですって?」

「おめでたい日だよ」トニーが繰り返した。「わかるだろう。一大イベントの日さ。純白のドレスを着た花嫁が登場する……」調子はずれの大声で歌いだす。「盛大にやるのかい? それとも内輪で? 新婚生活で使う食器の柄はもう選んだのかな? マッケイドはハネムーンとしてキーウェストに一緒に来てくれるよう、きみを説得できたのかい? 全部教えてほしい。知りたくて、うずうずしているんだ」

サンディは一番近い椅子にドスンと座った。「トニー、マッケイドとわたしが結婚するって誰かに聞いたの?」慎重に尋ねる。

「もちろんじゃないか」彼の笑い声は、かすかにゼイゼイいっている。「当事者から直接聞いたんだ」

「とんでもないデマよ」涙がこぼれそうになるのを必死でこらえる。「当事者って、いったい誰? 見当もつかないわ」

「見当がつくもつかないも、ひとりしかいないだろう。マッケイドだよ」

驚愕《きょうがく》のあまり椅子から転げ落ちないよう、サンディは肘掛けをぐっと握りしめた。

「トニー、マッケイドは土曜の夜に出ていったのよ」

「ええっ？」声が一オクターブ高くなる。「だけど――」

「彼はあなたになんて言ったの？　フランクって名前を出していなかった？　うちの会社で行われている賭けについても。結婚の話は冗談なのよ」

電話の向こうが沈黙し、トニーが目まぐるしく頭を働かせているのがわかった。

「いや、違うね」しばらくして言う。「マッケイドは土曜の午後に髪を切りに来たんだ。そのとき、家へ戻る途中で宝石店に寄ると言っていた。指輪のサイズ直しが終わったから、取りに行くんだって。そんなこんなで、あの晩きみにプロポーズするつもりだって聞き出したんだよ」

土曜日はマッケイドがアーロン・フィールズの鼻を殴った日だ。そしてサンディは彼を怒鳴りつけ、ひどいことを言って責めたてた。

彼女は目を閉じた。「そう。でも結局、彼は何も言わなかった。けんかをして出ていってしまったし」

トニーが毒づいた。「あいつはときどき本当にばかになる」

「彼の言ったことを誤解したんじゃない？」

「これでも耳はいいんだ、ありえないよ。あいつにはフロリダの仕事を受けろって言ったんだ。あいつが去っていくことはないときみを納得させたいのなら、そうするしかないって」

サンディは頭を振った。「理解できないわ。去っていくことはないと納得させるために、どうして出ていく必要があるの？」

「きみならわかるだろう、アインシュタインくん！」トニーが大声を出した。「出ていっても、ちゃんと戻ってくるからさ。あいつが戻ってきたとき、きみはようやく心から納得する。とにかく土曜日にそう言ったら、フロリダには行かない、きみに結婚を申し込むからってあいつは返した。まあ、そんなようなことを。たしかに〝結婚〟って言葉を使ったよ」彼はその言葉をわざとゆっくり発音した。「間違いない、絶対だ」

おかしい。全然筋が通らない。マッケイドはフロリダの仕事をしたいから出ていくんだと主張した。それなのに同じ日にトニーに、サンディに結婚を申し込むから仕事は受けないと話していたという。いったいどういうことなのか。

「おっと、客が来たからもう切らなくちゃ。何かあったらいつでも電話するんだよ。わかったかい、ハニー？」

サンディは礼を言い、ゆっくりと受話器を置いた。

結婚。マッケイドが結婚を申し込むつもりだった？

彼女は立ちあがり、寝室に行った。クローゼットを開け、マッケイドが置いていった服を見つめる。彼はあの晩、タキシードを着ていた。もしかしたら……。

誘惑にあらがえず、タキシードを取って顔に押し当て、懐かしい彼のにおいを吸い込んだ。

ああ、マッケイドが恋しい。

涙があふれそうになるのをこらえてポケットを探る。ズボンのほうは空っぽだ。上着の外ポケットの片方には丁寧にたたまれた黒い蝶ネクタイ、もう一方には〈ポイント〉のマッチが入っていた。

だが内ポケットには、何かかたいものが入っている。

手を入れて取り出すと、指輪の箱だった。

濃紺のベルベット張りの、角が丸い小さな箱。

手の中にある箱を見ても、そこにダイヤモンドの指輪が入っているなんてまだ信じられなかった。まさか、ありえない――。

けれども開けてみると、トニーが言ったとおりのものが入っていた。

シンプルなデザインの、このうえなくエレガントな大きなひと粒ダイヤの指輪。美しくカットされた表面が、光を反射してキラキラ輝いている。サンディは指輪を慎重に箱から出した。リングの内側にはオーソドックスに〝C・M&S・K〟とだけ刻まれており、それが木の幹に残された恋人たちのイニシャルのように見えて、サンディは胸が締めつけられた。

間違いない。婚約指輪だ。マッケイドはこれを彼女のために用意してくれていたのだ。

では、いったい何が彼の心を変えたのだろう？

その答えはわかっている。サンディが怒鳴ったからだ。とても許せないようなひどいことを。とはいえ、彼にも責任がないわけではない。アーロン・フィールズの鼻をまともに殴りつけるなんて……。

ふたりとも間違った行動を取ってしまったのだ。でも、本当にそれがマッケイドの心変わりの原因なのだろうか？　この指輪を買うまでに、彼は結婚についてずいぶん考えたはずだ。

あの晩、ほかに何があったのだろう?

サンディは目をつぶって、マッケイドの視点からあの夜の出来事を再現してみた。フィールズが何かをしてマッケイドを怒らせた。そして彼はフィールズを殴り、ジェームズが彼を外に連れ出して、パーティーから文字どおり放り出した——。

ジェームズ。

マッケイドは出ていく直前、ジェームズについて何か言っていた。ジェームズの言うとおりだったとかなんとか。意味がよくわからなかったけれど、彼は何も説明せず、サンディも尋ねる余裕がなかった……。

とりあえずこれについてはあとで考えることにして、ほかにも何かあっただろうか?

マッケイドはコンドミニアムまで歩いて戻り、駐車場で彼女を待っていた。そしてサンディは駐車場に着いたとき、彼に心底腹を立てていた。だからフロリダに行けと言ったのだ。

彼を傷つけるために。本気じゃなかったと、あとで謝ったけれど。

もちろん、マッケイドが怖じ気づいた可能性はある。結婚とは一箇所に落ち着くことだ。ブラジルのジャングルやアラスカのツンドラにふらりと出かけ、四カ月も戻らないなんてまねはできなくなる。四週間ならあるかもしれないが、四カ月はない。

サンディは指輪をはめてみた。サイズは完璧だ。

どうして彼は心変わりしたのだろう？

理由を知らなければ。

彼女は電話に手を伸ばした。フランクの番号を調べる必要はなかった。短縮ダイヤルのリストに入っている。コードを入力して、つながるのを待った。

フランクはすぐに出た。「もしもし」

「フランク、サンディよ。マッケイドを探しているの。彼がどこにいるか知ってる？」

「ええ、ぼくのところにいます。というか、いました。とにかく、ようやく電話をもらえてよかったですよ。どうしてあなた方がけんかしたのか知りませんが、あんなに落ち込んでいる人間は見たことがありません。信じられないくらい暗い顔をしてて。ボスに連絡しようと思ったんですが、居場所をしゃべったら喉をかき切ると脅されました」

「いま、そこにいるの？」サンディは咳《せ》き込むようにきいた。ふたりの仲がだめになって、マッケイドも彼女と同じくらい動揺しているなんてことがあるのだろうか？　彼がまだサンディを愛している可能性が少しでもあるのなら……。

「いいえ。今夜はフリーのカメラマンとして、〈チャンネル8〉のニュース番組のチームに加わっています。市長の誕生日パーティーがダウンタウンであるんですよ。一〇時のニュースで市長宅から生放送するらしいです。だけど、それが終わっても戻ってきません」

「どうして？」

「フロリダに発《た》つんです」

「今夜？」

「バイクに荷物を全部積んでいきました」フランクは説明した。「市長宅の撮影が終わったら、そのまま出発するそうですよ」

「ああ、どうしよう」サンディはベッドサイドの時計を見た。もう八時二八分だ。一〇時を過ぎたら、マッケイドはいつハイウェイに乗ってもおかしくない。「フランク、彼が電話をかけてきたら伝えてほしいの。もしわたしと話をする前に行ってしまったりしたら……」

「喉をかき切ります？」フランクが提案する。

「いいえ。ただ、どこにも行かないように伝えて」

サンディは電話を切ると、急いでブリーフケースを探した。玄関を入ってすぐの廊下で見つけ、中から手帳を取り出す。そしてうしろの電話帳の部分をめくると、キッチンからコードレス電話を取ってきて、ジェームズ・ヴァンデンバーグの自宅の番号を打ち込んだ。

彼が出てくれることを祈りながら寝室に戻る。

「もしもし？」

「ジェームズ、サンディよ。サンディ・カーク。じつは市長の誕生日パーティーに行きたいんだけど、どうしたらもぐり込めるか、あなたなら知っているかと思って」

ジェームズが笑った。「お褒めにあずかったと思っていいのかな。きみの考えは正しいよ。ぼくはその方法を知っている。だけど、わざわざもぐり込む必要はない。ちゃんとした招待状が机の上のどこかにあるから……」

ガサガサと紙をかき分けている音が電話を通して聞こえた。「ああ、あった。でも、パーティーはもう始まっているね」

「かまわないわ」サンディはクローゼットの中の服を物色した。市長の誕生日パーティーには、ふつうどんなものを着ていくのだろう？「どうしても中に入りたいの。マッケイドが行っているんだけど、彼が一〇時に出発する前にどうしても話さなくてはならないのよ。これからそちらに行ったら、招待状をもらえるかしら？」

「ぼくが一緒でないと、きみひとりでは入れない。警備がかなり厳しいんだ。招待状はぼく宛だからね。きみを見て、ジェームズ・ヴァンデンバーグだと思う人間はいないだろう」

彼は笑った。「身長が足りないよ。まずひとつには」

サンディは小声で毒づいた。

「緊急事態なのかい？」

「ええ」

一瞬、ジェームズが沈黙した。「マッケイドがこの街を出ていくという噂を耳にした」

「そうなのよ」彼女は暗い顔で、マッケイドが買ってくれた白いドレスを取り出した。彼が一番気に入っていたドレスだ。「だけど今夜は出ていかないわ――もし止めることができたら」

「彼は遅かれ早かれ出ていくはずだと、きみは前に言ったね。それはどうしようもないことなんだと」

「彼を愛しているの」静かに言う。「だから、闘いもせずに行かせることはできない」

しばらく黙ったあと、ジェームズは言った。「わかった。着替えてきみを迎えに行くよ。二五分後でどうだい？　支度は終わるかな？」

「わざわざ来てくれるの？」サンディは自分の耳が信じられなかった。

「外で待っていてくれ。時間の節約になる」

「本当に、お礼のしようもないわ」サンディはジェームズを見つめた。ジャガーの運転席に座っている彼の顔が、ダッシュボードの発するやわらかな光に照らされている。

彼が微笑んだ。「きれいだよ」

「ありがとう」サンディは左手を見おろした。彼女はいま、マッケイドが用意してくれていた指輪をはめている。彼はちゃんとプロポーズをしてくれなかったけれど、返事をするつもりだ。イエスという返事を。彼が出ていくまでに間に合えば……。

「マッケイドに追いかけるだけの価値があると確信しているのかい？」

「ええ、心から」

「それだけ愛しているんだね」

「彼がいなくなったら、自分がどうなってしまうかわからないわ」一瞬、口をつぐんだ。「いいえ、わかる。一生みじめな気持ちのまま過ごすのよ」

ジェームズがジャガーのスピードを落として右に曲がった。「どうやら、ぼくは間違っていたらしい」

「なんの話かしら」サンディは腕時計に目をやりながらきいた。もうすぐ一〇時になる。今日は大きなニュースはなかっただろうか？　なければ、〈チャンネル8〉はおそらく市長のパーティーをトップニュースとして扱う。それでも映像を流すのはせいぜい二分か三分……。

「きみのためにはマッケイドはいないほうがいいと、ぼくは本気で思っていた」

サンディはジェームズを見つめた。

「でも、間違っていたようだね」

「まさかとは思うけど――」大きく息を吸う。「それをマッケイド本人に言っていないわよね？」

ジェームズは、恥ずかしそうな顔をするだけのたしなみは持っていた。「ええと、じつはそのまさかだ。そんなようなことを言った気がする」

「土曜の夜に？」答えはわかっていたけれど、一応きいた。

「そうだ」ジェームズは認めた。「彼がアーロン・フィールズを殴ったあと。それから……」言葉にするのをためらうように、むっつりした顔をする。

「それから？」

「きみは彼にはもったいない女性だと。すまない。ぼくは介入すべきじゃなかった」

「本当にそうよ！」サンディはきつく目をつぶり、自分がマッケイドに投げつけた言葉を思い出そうとした。なんて言ったのだったか――たしか、落ちこぼれの人たち特有の何も考えない愚かな行動とかなんとか。

どうしてあんなことを言ってしまったのかわからない。マッケイドはそういう侮辱に昔から敏感なのに。絶対に口にしてはならない言葉だった。しかも彼女は追い打ちをかけるように、フロリダに行けと言ってしまった。

「カサンドラ、本当に申し訳ない」

「サンディと呼んで」うわの空で応えて、窓の外を見つめる。「わたしはカサンドラじゃなくてサンディなの。ずっとそうだったのに、いま頃になってそれを変えようとするなんて、ばかだったわ。ああ、いったいいつになったら着くの？」

市長の屋敷内からの中継はすでに終わっていたが、マッケイドは集まった人々の様子をまだ撮っていた。できれば地元の名士たちの姿を拾ってくれと、局から頼まれていたのだ。大広間のステージ上ではロックバンドが大音量で演奏していて、人と会話するどころではないし、思考力が麻痺《まひ》してくる。だが、そのほうがいい。何も考えたくないから。

一〇分後、マッケイドも機材をトラックへ積み込む作業を手伝い、テレビ局のクルーが撤収する準備が整った。

彼のハーレーもテレビ局の裏に止めてある。最初はここに持ってきて、仕事が終わったらそのまま発とうと思っていた。でも、そんなことをすれば駐車料金がとんでもなくかかるとテレビ局のスタッフに言われてやめた。市長は最近匿名の殺害予告を受けたのだが、パーティーを取りやめにしたくないということで警備が強化された。そのため市長宅から二ブロック以内の駐車は禁止され、招待状なしには誰も入れなくなったらしい。

マッケイドの招待状は肩にのせたカメラだ。彼はそれをゆっくりと動かしてもう一度群衆を撮ったあと、入り口にレンズを戻した。そこに焦点を合わせてズームアップする。するとそこにサンディがいた。かたわらにはジェームズ・ヴァンデンバーグがいる。

雷に打たれたように、マッケイドは動けなくなった。

ふたりはあたりを見まわしたかと思うと、ジェームズがサンディの腕に手を置き、振り向いた彼女が彼の目を見つめる。

マッケイドは死にたくなった。ジェームズとサンディは体を寄せあい、いまにも抱きあってキスでも始めそうだ。白いドレスを着た彼女はまぶしいくらいに美しい。サンディが彼に話しかけ、ジェームズが彼女の肩に両手をかけて身をかがめ、何かささやいている。サンディがうなずいてジェームズを見あげた様子に、マッケイドの心は張り裂けた。彼が去ってまだ一週間も経っていないのに、サンディはすでに立ち直っているどころか、ジェームズといい雰囲気になっている。マッケイドがいなくなって空いたところに、ジェームズはさっさと入り込んだのだ。

でも彼自身、こうなることを望んでいたはずだ。

カメラの電源を切り、呆然としたまま機材用のヴァンの後部ドアに向かう。

その望みがかなっただけじゃないか。

マッケイドはうしろからヴァンに乗り込んだ。急いでいる人間がいたらしく、彼がカメラを固定する前にヴァンが動きだす。

「どんな感じに撮れているか見てみましょうよ」レポーターの女性が言い訳をするような笑みを浮かべて提案した。「明日の放送でわたしがレポートするんだけど、夜中になる前には編集室を出たいの。今日は記念日だから」

レポーターが機材に囲まれたヴァンの中でテープを巻き戻し、パーティーの招待客たちの映像を確認しはじめる。マッケイドは黙って見守った。ジェームズとサンディが映っているところで、レポーターの様子が変わった。「この人、サイモン・ハーコートの側近じゃない？　ええと、名前はなんだったかしら」

「ヴァンデンバーグだ」見ないようにしようと思ったのに、思わず目がモニターに吸い寄せられた。「ジェームズ・ヴァンデンバーグ」名前を言うだけで歯を食いしばってしまう。だが、自分自身がこうなることを望んだのだ。サンディが幸せになるように。

レポーターはテープを見つづけている。

モニターの中で、サンディが周囲を見まわした。それからジェームズを見あげ、一歩近づく。ふたりが話しはじめ、しばらくしてジェームズがサンディをさらに引き寄せて、彼女が微笑んだ。そこでテープは終わった。

乗り出していたレポーターが体を戻してメモを書きつけているあいだ、マッケイドは何も映っていない画面を見つめていた。いま見た場面はなんだったのだろう？　女性が新しい恋人とデートをしているところか？　だが、どうもしっくり来ない。何かがおかしい。

「巻き戻して、もう一度見てもいいか？」

レポーターがメモから顔をあげずに、促すような身振りをする。「どうぞ」

マッケイドはポータブルの編集ボードの前に座って巻き戻しボタンを押し、ジェームズとサンディが入ってきたところから再生を始めた。彼のカメラは構えている本人が気づくよりも前から、ふたりの姿を拾っていた。

入り口でジェームズが警備員に招待状を渡しているあいだ、サンディは別の警備員に話しかけている。マッケイドはかなり離れた場所にいたし、大音量のバンドの演奏のせいで、彼女のしゃべっている音声は拾えていない。だが、口の動きははっきりと見えた。たとえ生死がかかっていると脅されても、彼には人の唇は読めない。でも、サンディが彼の名前を口にしたのはわかった。クリント・マッケイド、と。

テープを巻き戻して、彼女の顔をアップにする。

サンディの唇は明らかに〝クリント・マッケイド〟と言っていた。そして、〝どこに〟という言葉も。

マッケイドは息が吸えなかった。どうしてサンディはジェームズとデートをしている最中に、彼を探していたのだろう？　考えられるとしたら……。

モニターの中で、サンデイが顔にかかった髪をかきあげた。その手で何かが光を反射する。急いで停止ボタンを押したが、彼女の手はすでに見えなくなっていた。もう一度巻き戻し、今度は手が光るのを待ってテープを止めた。

指輪だ。サンディが指輪をしている。彼が買った婚約指輪を。なんてことだろう。きっとタキシードのポケットに入っているのを見つけたのだ。

震える手でふたたびテープを巻き戻した。今度はサンディとジェームズがふたりとも画面に入るように拡大する。ジェームズが彼女に好意を持っているのは明らかだ。だが、彼のボディランゲージは恋人のそれではなかった。サンディの腕や肩をつかむときも友人としての節度を守っており、親密な触れ方はしていない。一方サンディのボディランゲージを見ると、そわそわして気がせいているのがわかった。ジェームズに身を寄せているのも、顔をしかめて聞こえないという仕草をしたあとであり、甘い意図からではない。ジェームズが彼女の耳に口を寄せているのも音楽の大音量に負けないようにするためで、愛の言葉をささやくためでないのは明らかだ。サンディが彼に向けているのは感謝の笑みであることが、いまはマッケイドにもはっきりとわかった。

彼は何度も巻き戻してテープを見た。自分はボディランゲージに精通しているとうぬぼれていたのに、あのふたりを見て、なんという誤解をしていたのだろう。

サンディがジェームズとパーティーに来たのは、おそらくまわりで招待状を持っているのが彼だけだったからに違いない。彼女はマッケイドを探しに来たのだ。彼のお気に入りのドレスを着て、彼が買ったダイヤモンドの指輪をはめて。サンディの送っているメッセージは、はっきりしている。プロポーズを受けると言ってくれているのだ——彼にはちゃんと申し込むだけの勇気がなかったにもかかわらず。サンディのためを思って身を引こうとしたのだが、彼女はマッケイドを求めてくれている。それも彼が望んでいるのと同じように、永遠の絆を結びたいと思ってくれているのだ。もう気持ちを抑えられない。彼女と一緒にいたい。

マッケイドにメッセージを伝えるために、サンディはわざわざ市長の誕生パーティーまで来てくれた。

それなのに自分は、彼女を置いてさっさと出てきてしまった。

ヴァンがテレビ局の駐車場の減速バンプを通過するのを感じ、マッケイドは車が止まった瞬間にドアを開けて飛び出した。

「マッケイド!」ヴァンの運転手が呼びかける。「フロリダでの幸運を祈ってるよ。気をつけて運転するんだぞ」

バイクに向かいかけていたマッケイドは足を止めて振り返った。「今夜フロリダへは行かない。家に帰るんだ」彼は何日かぶりに笑みを浮かべた。

サンディは疲れきっていた。失敗ほど人を消耗させるものはない。

彼女とジェームズはほんの数分の差で、マッケイドをつかまえられなかった。それでもフランクが言っていたのとは違い、マッケイドはバイクをテレビ局のスタジオの裏に置いてきたことが判明して、サンディはスタジオに電話をかけて伝言を頼んだ。彼女と話をするまでは出発しないでほしいという伝言を。そのあいだにジェームズは、駐車場の係員に託した自分の車がどこに止められているか必死で探しまわった。結局二五分も時間をロスしたあと、ふたりは〈チャンネル8〉に向かった。

けれどもマッケイドは、そこからもすでに立ち去っていた。建物の中に入らず、伝言は聞かなかったらしい。

サンディは必死で涙をこらえた。マッケイドをつかまえられなくてたしかにがっかりしたけれど、絶望することはない。行先はわかっているのだ。彼がフロリダまでとくに急がずに向かったとすれば、バイクでだいたい四日かかる。

コンドミニアムに戻るとすでに真夜中を過ぎていたが、サンディは電話でマイアミまでの飛行機の片道チケットを買った。それに乗れば月曜日の午後早くに到着する。彼女はもう一度電話をかけて、今度はレンタカーを予約した。

三度目の電話の相手はフランクだった。眠そうな声で彼が出る。

「起こしちゃった？　わたしよ……サンディ」

「ボスですか？」彼は即座にしゃきっとした。「何があったんです？　スタジオで問題でも？」

「月曜から一カ月、休みを取るわ。期間は一週間くらい前後するかもしれないけど。そのあいだ、あなたに代わりを務めてもらいたいの。頼めるかしら？」

フランクはしばらく声が出ない様子だったが、ようやく「ええ」と答えた。「ああ、夢を見ているんじゃないだろうな。昇給もありますか？」

「ええ、いいわよ。そのことは明日、詳しく話しあいましょう。起こしちゃってごめんなさいね」

「全然かまいません」フランクは笑った。「後悔はさせませんよ、ボス」

「わかってるわ」

サンディは電話を切って時計を見た。一二時半。グラハム・パークスに電話をかけ、もうひとりカメラマンが欲しくないか尋ねるには時間が遅すぎる。それは明日の朝一番にしよう――。

突然、玄関のベルが鳴った。

時間を見間違えたのかと、もう一度時計に目をやる。でも、どう見ても一二時半だ。こんな遅い時間にベルを鳴らすような人間はひとりしかいない。サンディはゆっくりと玄関に向かった。いけないと思いつつ、どうしても希望がふくらんでしまう。大きく息を吸って、のぞき穴から外を見た。

マッケイド。

ほっとしてくずおれそうになりながら、彼女はドアに寄りかかった。本当にマッケイドだ。サンディは落ち着くように自分に言い聞かせた。落ち着いて、今度こそ失敗しないようにしなければ。もう一度深呼吸をしてドアを開ける。

マッケイドはぐったりしていた。彼女と同じくらい疲れているようだ。

「テレビ局に残した伝言を聞いてくれたの？」慎重にきいた。

彼が中に入ってくる。

マッケイドがどんなに背が高くて体が大きいか、彼女は忘れていた。小さな玄関を完全にふさいで、彼がサンディを見る。

「そうだな、きみのメッセージはたしかに受け取った」

マッケイドの目の表情は暗く、少しでもいいから笑ってほしいのに、にこりともしない。

彼が持っているのは……釣り竿《ざお》だろうか？　それも二本。サンディは問いかけるように彼を見た。

「世の中には、もう一度試してみる価値のあるものがある」彼が静かに言った。「きみが二度目のチャンスをくれるのなら、おれは釣りをもう一度試そう」

視線が絡みあい、どちらが先に動いたかわからないまま、ふたりは抱きあっていた。激しくキスを交わすサンディの耳に、釣り竿が床に転がるかすかな音が響く。

彼女の反応に、マッケイドはほっとすると同時にさまざまな感情が押し寄せ、圧倒されていた。サンディはまだ彼を求めてくれている。愛してくれているのだ。彼女を引き寄せて強く抱きしめながら、唇や顔にひたすらキスを繰り返す。二度と放さない。そんな間違いを繰り返すのはとんでもない間抜けだけだ。

「二度目のチャンスをもらえるって、どうしてそんなに自信があったの、マッケイド?」サンディがささやき、彼の耳たぶに歯を立てた。

マッケイドは笑った。まったく、なんだって彼女なしでも生きていけるなんて思ったんだろう?「さっきまではビクビクしていたが、いまは自信満々さ。まさかきみは、はねつけるつもりの男にもこんな熱いキスをするのか?」

彼はふざけてそう言ったあと、真剣な顔でサンディの手を取った。指輪のダイヤモンドが光を反射してキラリと光る。「本当は、きみがこの指輪をはめているのを見て勇気が出た。なかなかないことだと思う、プロポーズをする前に返事をもらえるなんて」

考えられないくらい心が軽くなっている自分に驚きながら、サンディは微笑んだ。数分前までは、あんなにもみじめだったのに。「手の内を見せちゃったみたいね。あなたが自信満々だったはずだわ」

マッケイドの笑顔が陰った。「じつを言うと、自信があるのはきみをどれだけ愛しているかという自分の気持ちだけだ。きみにしてあげられることには自信がない。きみが求めているものを、おれは与えてあげられるんだろうか?」彼の声は低く張りつめている。

サンディは一瞬も躊躇しなかった。「ええ」

こわばっていた彼の顔がゆるみ、驚きと喜びが浮かぶ。「そんなふうに断言していいのか？」

「いままで生きてきて、こんなに確信できたことってないもの」大きく息を吸った。「あなたに仕事をやめてもらおうとは思わないし、あちこちへ行くあなたについてまわることはできない。少なくとも毎回は。でも――」

「それはたいしたことじゃない」マッケイドがさえぎる。「仕事については、ふたりでうまく調整できるさ」彼はいったん視線を床に落とすと、ふたたび目を合わせた。「問題なのは……おれには上流階級の仲間入りは無理だってことだ。そのために必要な優雅で洗練されたところがまったくないし――」

「あなたはわたしの知っているどんな男性よりも洗練されているわ」サンディは憤然として反論した。

「アーロン・フィールズみたいなくそ野郎の顔を、まともに殴るような男でも？」

「そうね、完璧な人はいないもの」彼女は微笑んだ。

「おれはたいていの人間より、完璧じゃない部分が多い」

「わたしだって完璧じゃないわ。少なくともあなたはフィールズの鼻を折らなかったでしょう？」

彼はサンディをまじまじと見つめた。彼女の言葉の意味を理解して目を細める。

「まさかきみは――」

サンディはうなずいた。「三年前のことよ。彼に夕食に誘われたと言ったのは覚えてるわよね？」

「ああ。やつはきみに夕食をおごれば、ただのデート以上のものも手に入れられると考えたんだったな」

彼女はうしろにさがって壁にもたれ、当時の記憶を締め出すように腕組みをした。

「とにかく彼はしつこかったの。いつまでもあきらめようとしなくて、わたしはだんだん怖くなってきた。それで顔を殴っちゃったのよ。あなたが昔、教えてくれたやり方で」

「手のひらの下のほうのかたい部分を使ったのか？」

「ええ、そう」サンディは目をぐるりとまわしてみせた。「ひどいことになったわ」

「やつはそうされて当然だ。くそっ、それを先に聞いてたら、もっとひどく殴ってやったのに」マッケイドは笑いだすのをこらえようとして失敗した。

サンディは彼をにらんだ。「おかしくないわ、クリント。彼がわたしに仕返しをしたがっているせいであなたが留置場に放り込まれるんじゃないかと、本気で心配したんだから」

マッケイドは彼女の肩をやさしく揉んだ。「ひと晩くらい留置場に入ったからって、どうということはないさ。はじめてでもないし」

ショックを受けて、サンディは彼を見あげた。

マッケイドがため息をつく。「おれはきみとは違う世界に生きているんだよ、サンディ。

おれが生きているような世界から、きみは脱出した。そして、そこでの暮らしがどんなだったか忘れてしまったんだ。おれの世界では人々は清潔とはほど遠い汚れた路上で生活し、学校は荒れている。貧しいやつらは税金を払えず、金持ちは払おうとしないからさ」彼は頭を振った。「そんな世界にいたことを忘れるには、いろいろ見すぎてしまった。つまりおれは根っからの労働者階級の人間で、それは永遠に変わらないんだよ」

「だから？」

彼は目をしばたたいた。「だからって……。おれはきみにとって何が重要か、よく知っている。カントリークラブに入って――」

「誰がそう言ったの？」

「きみだよ」自信満々で答える。

「そんなこと言ってないわ！」

「言ったって。七年生のときに」

サンディは笑いだした。「七年生のときには、空軍にも入りたいと言ってたでしょ。それに近所の犬たちを訓練する計画を立てていたのも忘れないで。犬のサーカスを作って、巡業に出るつもりだったんだから」おかしそうに目を輝かせて、マッケイドに笑いかける。「髪をクルーカットにして毛先をブルーに染めたいとわたしが言いだして、お母さんとけんかになったのを忘れたの？　言っておくけど、そのうちのどれもいまのわたしは望んでいないわ。わたしが欲しいのはあなたよ」

マッケイドは乱暴にサンディを引き寄せ、ふたたびキスをした。「愛してるよ」体を引いて、探るように彼女を見る。「あとで悔やむような間違いを犯してほしくない」

「あなたにも同じせりふを返すわ」彼女が急に真顔になった。「本当に落ち着いて身をかためてしまっていいの？　たったひとりの女性と」

「きみと住む家を買いたいと思っている」マッケイドは彼女の長い金髪に指を通した。「庭付きの大きな家がいい。庭は――そうだな、少なくとも二、三エーカーは欲しい。馬や大型犬を飼うために。何年かしたら、子どもたちのためにポニーを一、二頭増やしてもいい」

「子どもたちですって？」サンディが弱々しい声でき返す。

「もちろん、まずはきみだ」マッケイドは両手で彼女の顔を包んでキスをした。「この先ずっと、きみにそばにいてほしい。結婚指輪をはめて、おれの心はきみのものだと世界じゅうに見せつけたい。そして一緒に赤ん坊をたくさん作るんだ。きみの美しい目を持った赤ん坊を――」

「それにあなたの笑顔も」サンディはささやいた。「あなたの笑顔を持った赤ちゃんが欲しいわ」

彼はゆっくりと片膝をついた。「結婚してくれ、サンディ」

「もう返事はしたわよ」

「ちゃんと言葉にしてくれ。疑問の余地がないように」

額に落ちた髪をいらだたしげにかきあげ、マッケイドが彼女を見つめる。いつもどおりハンサムな彼の顔を見おろしたサンディは、この瞬間を一生忘れないだろうと思った。マッケイドは今日、ジーンズの上に赤いTシャツを着ている。何度も洗濯したために色あせて縮んだTシャツが広い肩や胸に張りついているいまの彼の姿を、これから先いつまでも覚えているだろう。

「ええ、あなたと結婚するわ」サンディは静かに返事をした。

マッケイドが微笑んで彼女を見あげる。その目は幸せに輝いていた。幸せと心からの満足と安らぎに。

「よかった。ああ、本当によかった」彼はサンディにというより、自分に向かって言っているようだ。

立ちあがったマッケイドが唇を重ねてくる。その甘いキスに彼女は脚が震えた。彼はサンディを抱きあげて寝室に向かったが、途中で足を止めて小声で毒づいた。

「フロリダに行かなくちゃならない。パークスに約束してしまったから、いまさらやめられないんだ」

彼女はマッケイドの頭を引きおろしてキスをした。「今夜はまだいいんでしょう?」

キスにおぼれそうになりながら、彼はようやく答えた。「火曜の朝までに向こうへ行くことになっている。バイクだと――」サンディがキスを深めたので、マッケイドはうめいた。

「ああ、行きたくない――」

「バイクはここに置いていけばいいわ」彼女はささやき、マッケイドの顎から首筋へと唇を滑らせた。「フロリダまで飛行機で行けばいいじゃない。月曜のチケットが、まだ取れるもの。わたしもそれで行くし」

サンディがふたたび始めたキスに情熱的に応えていた彼は、遅れてその言葉を理解した。彼女を床におろして、まじまじと見つめる。「いま、なんて言った?」

「わたしも行くわ。フロリダへ。あなたと一緒にいたいから」サンディが微笑んだ。

彼女は本当にマッケイドを愛しているのだ。わざわざフロリダまで、ついてきてくれるのだから。サンディなど求めていないふりをして、彼があんなふうに出ていったにもかかわらず。彼女はあきらめずに飛行機のチケットを予約してくれた。ひどく傷つけられても、マッケイドの虚勢の裏にある本当の気持ちを見抜いていたのだ。彼は自分こそ、ボディランゲージのエキスパートだと思っていたというのに。

サンディが彼の頰にやさしく触れる。「愛しているわ」

「明日、結婚してくれ」かすれた声で言った。「ラスベガスまで車で行けば、すぐに結婚できる」

「フロリダに行くまで待ってくれない? そうすれば、お母さんに式に出てもらえるもの。

お母さんはそうしたがると思う。きっとすごく喜ぶわ」

マッケイドは顔をしかめた。「きみの足に釣り針を刺しちゃったことを、本当に許してくれてるのかな?」

「まだ許していなかったら、〝孫〟という魔法の言葉をささやけばいいわ。そうしたら一瞬で、あなたの印象がよくなるわよ」

彼は微笑んだが、すぐにまたしぶい顔になった。「いったいおれたちはなぜ、こんなところで話なんかしているんだ?」

「あなたって、ボディランゲージに精通しているわりには、ずいぶん長い時間をおしゃべりに費やすのね」彼女がからかう。

マッケイドはサンディを抱きあげて寝室に入った。そしてもうひと言もしゃべらずに、どれだけ彼女を愛しているか、きわめて効果的に示してみせた。

訳者あとがき

日本でも多くの作品が翻訳されているスーザン・ブロックマン。『15年目のデート』は押しも押されもせぬ人気作家である彼女の初期の作品です。

スーザン・ブロックマンといえば、米海軍特殊部隊の隊員であるヒーローたちが活躍する〈危険を愛する男たち〉シリーズや〈トラブルシューターズ〉シリーズを思い浮かべる方が多いのではないでしょうか。ですが本作は、危険な事件を背景に繰り広げられる両シリーズとはおもむきの違う、より身近なロマンスです。

映像制作会社を経営するサンディの家に、高校時代からの親友マッケイドが夜遅く突然現れました。フリーの映像カメラマンである彼は一箇所に腰を落ち着けるタイプではなく、ふらりと現れるのはいつものこと。彼を愛している気持ちを隠して友人としての関係を続けているサンディは、あたたかく迎え入れます。

一方、マッケイドにとっては、今回の訪問はこれまでとはまったく違うものでした。根なし草のような生活が急に虚しくなり、自分がサンディを愛していることに気づいて飛んできたのです。ところが告白しようとした矢先に好きな人ができたと彼女に打ち明けられ、大ショック。しかも相手の男は自分とは正反対の、生まれも育ちもいい弁護士でした。マッケイドと同じように貧しい家庭の出身で、上流の生活にあこがれているサンディにとっては理想の男性。マッケイドはさっさと立ち去るべきか悩みますが、彼女がその男と一緒にいるところを見て一計を案じます。男を振り向かせる術をまるで心得ていない彼女に、男の気の引き方を手取り足取り教えよう。あわよくば、そのあいだに彼女はマッケイドへの愛に目覚めるかもしれない、と……。

著者は前書きで、『ピグマリオン』『マイ・フェア・レディ』を下敷きにしてこの作品を書いたと言っています。オードリー・ヘプバーン主演の映画で有名な『マイフェア・レディ』は、言語学の権威であるヒギンズ教授が貧しい花売りの少女イライザをレディに変身させ、最後にはふたりが結ばれるという物語（ちなみに『マイフェア・レディ』の原作である『ピグマリオン』は結末が違って、イライザはヒギンズ教授のもとを去ります）。本書ではマッケイドがヒギンズ教授、サンディがイライザということになります。そしてマッケイドが教えるのはレディになる方法ではなく、男性の気を引く方法。彼はサンディに髪型を変えさせ、ドレスを選び、メイクを施して、どういう仕草をすればいいかを教えていきます。このようにマッケイドがサンディを教え導くという意味では、この作品はたしかに『マイ・フェア・レディ』を下敷きにしていると言えるでしょう。ですが、ブロックマン版がオリジナルと大きく異なるのは、ふたりがより対等である点です。そもそもマッケイドは、理想の女性を作ろうとしてサンディを変身させようとするわけではありません。彼女を愛する気持ちはすでにあり、親友同士という関係を変化させるために〝教える〟という行為を利用するだけなのです。しかも彼は恋愛遍歴を重ねているとはいえ、本気で女性を好きになるのははじめて。ふたりはいわば〝初恋同士〟なわけで、どちらも同じように相手の気持ちを勝手に憶測し、思い悩みながら遠まわりをして、不器用に距離を縮めます。スリルやサスペンスはないけれど、恋するふたりの心情を中心に据えてじっくり描いたこの作品。みなさまにはヒーローであるマッケイドが筋骨隆々の体を革の上下で包んでバイクを駆るワイルドな姿にブロックマンらしさをほのかに感じつつ、楽しんでいただければ幸いです。

二〇一八年四月

ライムブックス

15年《ねん》目《め》のデート

著　者　スーザン・ブロックマン
訳　者　緒《お》川《がわ》久《く》美《み》子《こ》

2018年5月20日　初版第一刷発行

発行人　成瀬雅人
発行所　株式会社原書房
〒160-0022東京都新宿区新宿1-25-13
電話·代表03-3354-0685　http://www.harashobo.co.jp
振替·00150-6-151594
カバーデザイン　松山はるみ
印刷所　図書印刷株式会社

落丁·乱丁本はお取替えいたします。
定価は、カバーに表示してあります。
 ISBN978-4-562-06511-0 Printed in Japan